龙胆花

阿随 ◎ 著

九州出版社
JIUZHOU PRESS

图书在版编目（CIP）数据

龙胆花 / 阿随著 . -- 北京 ：九州出版社，2022.8
ISBN 978-7-5225-1043-9

Ⅰ．①龙… Ⅱ．①阿… Ⅲ．①长篇小说－中国－当代
Ⅳ．① I247.5

中国版本图书馆 CIP 数据核字（2022）第 119527 号

龙胆花

作　　者　阿　随　著
责任编辑　刘　嘉
出版发行　九州出版社
地　　址　北京市西城区阜外大街甲 35 号（100037）
发行电话　（010）68992190/3/5/6
网　　址　www.jiuzhoupress.com
印　　刷　成都市兴雅致印务有限责任公司
开　　本　880 毫米 ×1230 毫米　32 开
印　　张　8
字　　数　187 千字
版　　次　2023 年 1 月第 1 版
印　　次　2023 年 1 月第 1 次印刷
书　　号　ISBN 978-7-5225-1043-9
定　　价　78.00 元

此书献给我的父亲陈锦涛、母亲顾霞娣

序 一

 阿随的小说《龙胆花》中文版的出版，是她写作生涯的一个里程碑。阿随在美国多年从事英文小说和诗歌写作，但是她一直与国内读者交流，为自己的同胞写作。所以，《龙胆花》用英文写成后，在众多朋友的鼓励下，她将它翻译成了中文。

 在与阿随交往的二十多年里，我深深感到她是一位内心丰富、情感热烈、充满爱心、富有才华的奇女子。文如其人，阿随的作品从内容到人物都极其丰富、丰满，涉猎社会不同层面，倾向于揭示复杂人性中的闪光点。透过繁杂难辨的表象，挖掘出最真实的人性中善良的一面，让人不禁心生温暖。这使她的作品既奇特，又发人深思。

 许多读者都问过阿随这样一个问题：你为什么要写《龙胆花》？什么促使了你讲这个故事？她的回答很简单："我没有选择，不得不讲这个故事。"生活的沉淀，就像地下岩浆，终将无可阻挡地喷发。阿随本人就成长在这个故事发生的年代里，亲身体验了故事中的真实生活。在每个人物身上，都有她那些年身边熟知的人的影子。阿随说："虽然我现在身处异国他乡，但那些年月我却一直难忘，对我的成长影响很大。所以一直有个心愿——把这些珍贵的记忆以文学的形式写下来。《龙胆花》算是我对那一段既平淡又迷离的生活的一个纪念，也是对我自己、我的同龄人及我们的父辈的一个交代。"

《龙胆花》的故事发生在改革开放初期。这个中国历史上独一无二的时期直接改变了人们的生活、理念，甚至命运，驱使了无数动人而曲折的故事的发生。故事女主人公阿梅就是在那个社会转型的旋涡里领悟人生，打造和建立个人价值观和自己的人格的。不夸张地说，阿梅这一代成年后，在改革开放的中国担当了栋梁的角色。所以他们这一代人的人生历程值得探索和记录。《龙胆花》另一个主人公微微，所演绎的发人深省的故事，则更震撼人的灵魂。为了女儿，她在逆境中苦苦挣扎，她身上的各个层面，映射出普通的中国母亲的形象。如今，尽管在生活中，微微这代人已近暮年，有的已不在世，但《龙胆花》这本书会时时提醒我们她们的存在和奉献。在一次读者互动会上，阿随告诉大家："我仅以《龙胆花》表达我这个女儿对这代既普通又卓越的所有中国母亲的感激和敬意。"说这话时她流泪了。

必须要提及的是阿随的写作风格。她的故事内容层次多，且千变万化，从头到尾悬念不断，让读者不得不往下读。阿随的语言魅力得到中外编辑的共同赞扬。她的文笔巧妙奇特，朴实且优美，坦诚且传奇。

可以说《龙胆花》是中国改革开放初期的社会的微缩，年轻人的"芳华"，以及对既平凡又伟大的老一辈的讴歌。同时，《龙胆花》是一朵美丽的花，色艳好看，味苦入药，让人在观赏中得到疗愈。

让我们一起祝愿阿随的作品找到更多热情的读者和知音，让读者随着她的笔，进入那个既遥远又如昨日的难忘年代。

唐明（M.H.）

2021年8月18日于美国

序二　读阿随长篇小说《龙胆花》

　　与其说这是一部写母女情的小说，毋宁说这是写母女两代爱情的小说；与其说这是一部叙事性小说，毋宁说这是一部充满悬念的传奇小说。小说如同剥笋，层层展现，又重重设疑，把温情的故事，写得凄美；把浪漫的故事，写得深沉。这就是这部小说的魅力所在。整个故事，叙述起来四平八稳，而读起来却波澜起伏。几个人物，都让人难忘，母亲微微是一个神秘的人，她高冷而温暖，贤惠而睿智。身上洋溢着母爱，却压抑得深沉，当然这和个人的经历有着重要关系。她年岁不大，却饱经沧桑，渴望生活，又被生活所凌辱，因而对女儿的学习、生活、爱情严律不息，这源于爱，源于生活的教训。"我"是一个乖乖女，又是一个叛逆者，努力追求，最后实现了夙愿。"我"的天性——真、善、美也得到了很好的伸张。*Luke* 热情奔放，积极乐观。然而这都是表象，当面纱揭开，才知道他为使命而来，为爱情所困，历经折磨而不放弃，最终抱得美人归。甘蔗是一个伟男子，我喜欢这样的人。其余种种，毋庸赘言，但关于小说语言，我还要说：很美，简明，自然、温馨，如小说里的人物一样，透出典雅和端庄，读起来清新，愉悦！

刘尚卿

评　论

　　《龙胆花》把我们带进一个有神奇色彩的，关于母亲和女儿的故事里。故事生动，深刻。*JJ Chen Henderson*（阿随）的小说提醒我们，有时为爱而生的谎言能够造就另一种人生。值得一读。

——安·散诺　作家，教授

　　《龙胆花》既有力度又有亲密感。*Chen Henderson*（阿随）为我们打开了一个复杂、矛盾的感情的世界。

——克里斯提娜·噶西亚　小说家，诗人

　　《龙胆花》是一个关于成长的故事，包含两个爱情故事：母亲在二十世纪六十年代的恋情和女儿的初恋。人物和他们的心灵在 *Chen Henderson*（阿随）的笔下栩栩如生，深刻感人，让人难忘。

——杰克林·靠落素福　博士，作家，诗人，教授

　　我只用了两天就读完了《龙胆花》，因为我放不下。故事非

常感人。一个接一个的悬念使我不得不继续读下去。我想知道故事的结局，但我又不想让故事结束，想读更多。希望有下一部。

——麦根森　读者

读《龙胆花》使我仿佛去了中国，身临其境。丰富的中国文化是一种享受。书中的母女和她们的故事深深打动了我。我向所有的读者推荐《龙胆花》。

——珍妮·塞蒙斯　读者

《龙胆花》节选被文学期刊《14座山》提名"普什卡"文学奖。

龙胆花

CONTENTS 目录

女儿是妈妈的小棉袄。

——俗语

我不是一只小鸟,没有网子可以把我拢住。

——《简·爱》

第一章

我站在走廊里,准备梳头了。

电梳子放在门口的一个架子上,以免出门前忘记整梳下我的头发。我拿起电梳子的插头,插进墙上的插座里。我随便抓起一绺长发,使劲揪直,直到揪得头皮发疼,然后把烫得有热金属味的梳子插进头发里,慢但坚定地往下梳,一直梳到搭到背部的发梢。在 220 伏的电压下,那些卷儿慢慢地、无奈地松开了。然后我又抓起一绺头发……满头的卷发要全部烫直,一根不留,稍微不留心头发就被烧焦,即刻就会蜷缩起来,像一条受了伤的蛇。这样的头发我只好用剪子全部剪掉。这时我总会想象,当其他人也如我这样做同样的动作时,是否像我这样有各种复杂的感情,比如怜悯、遗憾，甚至后悔。

像往常一样，从架子旁边的镜子里，我看着自己改变。在卷发和直发之间，我可以摇身一变成为两个不同的人。有时，一个是另一个的伪装；有时，一个会鄙视另一个；还有时，一个是另一个的保护者；也有时候，这两个会彼此漠然。我不知道哪一个是我，也不知道我更倾向于哪一个，甚至连是不是真正的我都不知道。

头发蜷起的卷是我生来就有的。母亲微微曾说这是我的不幸，头发卷得像非洲的黑人一样。另一个不幸是我的眼睛，它深深地陷进眼窝里，躲藏在黑眉毛下面。微微说那是两眼见不到底的水井——是好是坏她没说。院子里的三奶说我又黑又大的眼睛远一点看像两个黑煤球，她家门边就有一堆。总之，我长得和别人不一样，有点怪。在我很小时，微微就开始想各种办法掩藏我的卷发，还总说"你的头发直了就好看多了"。

我不在乎自己的头发是卷的，也不在乎自己的眼睛像黑煤球，我在乎的是从小微微就没有说过我长得好看。不管别人怎样夸我"漂亮""秀气""洋气"，我只相信微微的话。她自己是邻里圈和周围布店、菜市公认的美人，走在街上，也会有人回头看她。她的五官很精致，细长的凤眼稍稍往上挑，艳丽又脱俗，好像那些仕女图里的美女都是比照着她画的。我知道自己长得不如妈妈美，只有皮肤像她。她是一个中药药剂师，有护肤妙方。

厌倦了整天折腾自己的头发，这几天我找了一个偷懒的办法：把头发拽直盘在后脑上，再用几十个卡子固定住，这样头发的卷就不明显了。微微看到后皱了皱眉头，但没有说什么。刚才，我的头发终于挣脱了发卡的束缚，松开了。一绺儿一绺儿地伸展到我的肩膀。微微正在桌边研墨。她立刻注意到，盯着我，眼神像西北狼一般犀利。

我瞥一眼微微，她在漫无目的地把玩手里的墨石。我意识到她的苦楚远远超越了我头发的卷儿。

什么在折磨微微一直是一个谜，我也许会揭开，也许永远不会。我只知道这个谜和我的父亲有关。父亲也是一个谜。

梳头时，我正好会看见墙上的照片。第一眼总是看到父亲。他的照片挂在边上最不起眼的位置，好像是微微故意想把他藏起来，不让人注意到他。那是墙上仅有的一张父亲的照片，没有他和我、和微微一起的照片。他孤零零地站在一个简单的、扭扭歪歪的镜框里。

从小我就为父亲的照片着迷、困惑。一直在找我和他的相似之处。他的眉毛很浓，但是眼睛很小。而我的眼睛很大，杏仁儿形状。他的嘴角稍稍往下斜，使他的表情有点悲哀。让我稍微有点安慰的是他的头发和我的一样乌黑。父亲的照片虽然小，但他的形象在我的心里却很高大。微微说他死了，总是避免谈到他。我一直有一个感觉——父亲仍然活着，在遥远的什么地方。我年龄越大，这个感觉越强烈。有一次我不停追问他的情况时，微微生气地说："忘掉他！他反正不跟我们在一起，现在只有你和我，你愿意也罢，不愿意也罢！"我明白微微是在瞒我，好多事情她都瞒着我。连照片中这个人是不是我的父亲，我也不能确定。

但最终我告诉自己，是的，他就是我父亲，他当然是我父亲。

此刻，微微仍然在研墨，毫无目的地研了一盒又一盒，好像落进了一个魔咒，又好像被锁进了一个只有她自己知道的地方。她要在那里待下去，直到筋疲力尽。她的这个形象是我从小就熟悉的。

她把墨汁倒进空奶瓶里。之后我会把墨汁倒掉，把奶瓶收好，她还会再需要的。

我头发上最后一个卷儿向高温屈服了。我把插头拔出来，趁微微没注意，悄悄打开门走了出去。

~~~

院子里，四儿拿着一把大笤帚在扫地。我们的小院里只住了两家人。三奶和四儿的房比我们的大，红砖墙，有四间屋，而且坐北朝南风水好。院子很空，所以看上去不算小。除了三奶东一个西一个的大花盆，还有她的一间储藏木屋和一棵高大的桑树。桑树长得很茂盛。往年，这棵桑树会结黄的、红的，还有紫的桑葚。

关于这棵桑树，三奶讲过一个让人起鸡皮疙瘩的故事。她说这棵桑树是一个很有钱的鸦片商人的妻子种的，之后她在树最粗的枝丫上上吊了。这个夏天，我老是想这个故事。因为桑树到现在还没有结一个桑葚。往年桑葚结得很多，四儿和我经常吃得要吐。四儿是三奶唯一的儿子。

四儿在认真地扫地，尽管除了一两根小树枝，没有什么可扫的，反倒弄得尘土飞扬。这是三奶的主意，说是让她十八岁的弱智儿挣几个零钱，实际上是给他找个事干，让他少惹事，也不烦她。三奶有很多的社会关系，什么都不缺，吃得比我们家好多了。我现在就可以闻到从她家飘出来红烧肉的香味。

看到我，四儿呆滞的眼睛亮起来。

"我一直在等你，在等你。"他边说边流哈喇子。

"你会扫地啊，四儿，扫得这么干净，地上连一根小树枝都看不到。"我说。

他笑着挠了挠光头，问我："要看吗，看吗？"

我点了点头。他扔下扫帚，拉起我的手就往小木屋走。我从来不甩开他的手。即使在小巷里，看到我们这两个十七八的男女牵手，也没有人挑眉毛或往地下吐痰，好像四儿的弱智使他失去了性别。

小木屋是用零星木料搭成的，很小。一走进去，看见七只兔子在木板地上跳过来跳过去，抢吃白菜叶。六只灰的，还有一只白的——四儿和我给它起名叫雪球。他逮住雪球递给我。雪球在我的怀里显得很自在。

"大学的大米饭里有沙子吗？"四儿忽然问，他用粗短的手指撩拨一只灰色兔子的长耳朵。

"哪里的大米里都有沙子。"我说。是真的，卖米的把沙子掺进米里加重。微微洗米时要花好长时间淘沙。

"从桑树上跳下来会摔死吗？"四儿又问，"会摔死吗？"他厚厚的睫毛一眨一眨的。

"你别胡说八道了。"我说，"我的心里已经够烦了。"

"你够烦了，够烦了。"他嘟哝着。

我说："学校来了一个外国人。"

他傻笑起来："大鼻子，大鼻子。"

我说话四儿有时候听，有时候不听，我不在乎。我跟他说什么都行，而且很安全。只有一件事我不能在他面前做，那就是哭。他会跟我一起哭，而且哭得更厉害，更响。

"那个外国人要测试我的英文。"我边说边梳理雪球的白色毛发，"外国人挺可怕的。我在他面前应该怎样表现呢？像一个怯怯的女孩儿，眼睛往下看，用颤抖的手拧我的衣角？还是装出一副洒脱的样子，两手叉在腰上，不时给他一个白眼？我只知道我不能傻笑，微微早就告诉我一定不能在男人面前傻笑。四儿，如果那个外国人说一句很逗人的话，我笑还是不笑？"

"笑还是不笑，不笑？"四儿嘟哝着。

"我真有点害怕。"我把雪球塞给他，"但愿微微不害怕，她什么都不怕的。"我自言自语地说。

四儿抬起头来，脸上一副可怜巴巴的神色，"你害怕？不行，不行。"

"我害怕怎么不行？谁都有害怕的时候。"

他开始哭。

"别哭！"我碰了一下他的脸，"停住。"

但是他的眼泪和鼻涕一起哗哗流下他粗皮肤的脸。我从他手里夺过雪球，"你再哭，我就把它扔到窗户外面。"

四儿戛然止住，就像收音机被突然关上。

我俩都不说话了，逮兔子玩儿。四儿坐在地板上，逗弄一只灰兔，不时地挠一挠兔子毛茸茸的肚子。

"你爸爸什么时候从沙漠回来？"他突然问。

我曾经骗他，说我爸爸去很远的戈壁滩开诊所了。我说："我不知道我爸爸什么时候回来，快了吧。"

他每次问我，我都这样说。我问："四儿，你爸爸怎么死的？"

四儿最喜欢讲他爸爸，把他妈妈讲给他的故事一字不差地重复给别人。他讲了那么多遍后，可以一气儿讲完，一点不结巴。"爸爸是为革命光荣牺牲的。"他说着把兔子放下，"爸爸是个将军，打了好多仗，他同时用两把手枪，从来没受过伤。有一次，他被敌人包围了，他就拉开了手雷和敌人同归于尽。他是为国家献身的。"

讲完后，四儿用手背擦了一下嘴角的哈喇子。

"你爸爸是个英雄。"我说。

他咧嘴笑了，露出一口参差不齐的牙。

我想起了微微，不放心，站起来要走。走到门边，四儿忽然又说："狐狸精昨晚哭叫了，狐狸精哭叫了，哭叫了。"

说这几个字的时候，他的嘴张得很大。"狐狸精，我妈说的，你妈妈是狐狸精。"

我知道小巷里的女人们都喜欢嚼舌头议论微微。她们说来向微微讨中药方的男人，自愿地为我家砍木头、装烟筒，或换灯泡。还说有的男人来送煤，冬天的时候送大白菜。这些都是真的，微微和我推不动排车，更不用说在雪地里。嚼舌头的女人还说这些男人装病来讨药方，都是另有所图——来看微微。她们背后叫她"狐狸精"，说她是有九条尾巴的狐狸，装扮成一个漂亮的女人去引诱男人。

"再也不要说那几个字！"我转身走到四儿跟前，扇了他一个耳光，"你听见了没有？"

他捂着脸看着我，像一个被惩罚又不知道犯了什么错的小男孩儿。我转身走出了小木屋，看到三奶隔着她家窗子往外看。她身体很胖，胖到难以出门。但是外面的事她什么都知道。

"我那傻小子还在那里玩兔子吗？"她嚷。

"是。"我说，"但一点都不傻。"

"该剪头发了。姑娘家头发长了不好。"三奶又说了几句，但我没心思理她。我心里惦记微微，在想她是不是已经停止了研墨。

~~~

微微仍坐在桌边，写字。看她好像平静下来了，我轻轻地坐到她对面。

今天是周日。别人都去逛商店或去澡堂洗澡，我和微微却要练毛笔字。为什么呢？我们自己也不明白。也许因为我们俩都会写毛笔字；也许因为写字没什么危险；也许因为写字会使我们放松，体会一种少有的自信和坚强；也许因为这样坐在一起时会感觉到一些母女间的相连和相通……

从我刚刚能拿住毛笔起，和微微在周日早晨练书法就成了定例。最初，为了训练我拿笔的正确姿势，微微把一个鹌鹑蛋放在我手里。如果我的手攥得太紧，鹌鹑蛋的壳就会破；太松，又会从我的手里掉下去。起初我练字是为了吃那个鹌鹑蛋。到七岁时，我才开始喜欢写字。在学校的书法竞赛中我还得过几次奖。

我是即兴练字的，想写哪个字就写哪个字。微微总是练姥爷中药方里的字。这些幸存的中药方只是姥爷药方中的一部分。那时候，有人想方设法要夺走他的中药方，甚至让微微都受了不少苦。

她坐在小方桌的那边，很专心。头稍微倾斜着，手有节奏地动着。她的头发用一条手绢扎起来，这样既不碍事又凉快。

北方的夏天也是很热的。墙角的落地扇都旧得生锈了，无法给整个房间降温。在我们的小空间里，家具很少。练毛笔字的小木方桌旁还有四把不成套的椅子。方桌旁边是一张沙发，很旧了，上面的蜻蜓图案已经看不清了。对面放着我和微微的衣柜，没有上漆，显得很简陋。唯一像样的家具是中药橱。各种各样的中药放在六十四个小抽屉里。这个红木的中药橱是从我当中医的姥爷那里继承来的，很重，立在墙边，肃穆的样子让我想起姥爷。

微微不时抬头用狡黠的眼神看我。

"怎么了，阿梅？"她说，"你写得太快了，注意你的笔画。"

"没事儿。"我说。

她说："没事儿你就这么不安，真有事儿你会什么样啊？"

"实际上也有点事儿，我有点儿害怕。"我说。尽管微微经常告诉我不要害怕。

微微抬起头来，"有什么害怕的？"她边问边把刚磨好的墨汁倒进我的墨盒里。

我停住笔说："星期一我有英文考试。"

"已经有考试了？大学刚开始啊……"她说，"不过我的女儿什么时候让考试吓倒过？"

"你不知道，微微，考我的老师是一个外国人。"我说。我小时候不知为什么叫她"微微"，就这样叫下来了。

"外国人？"微微又抬起头来，她显得有点警觉，眉毛上挑成了弓形，"外国人从来不到到我们这儿来。为什么突然来了个外国老师？"

是的，在我们的小城市里，见不到外国人的。只能偶尔在电视上见他们在北京或上海这样的大城市里晃来晃去。

"外国老师是从哪个国家来的？"微微问。

"美国。"我说。

"美国！"微微的眼睛忽然变大，声音也有变化，连手里的墨石也停住了。

她问："是女的吧？"

"男的。"我回答。

她把磨石放在桌上问："他叫什么名字？"

"还不知道。"

"他长什么样子？"

"外国人样呗。大鼻子，黄头发，长胳膊长腿。"

"很老吧？"

"不老，外国人的年龄很难看出来。你为什么问这些问题呢？"

微微不回答。我觉得她问的问题很奇怪。我看看她，但是她把头侧过去，慢慢地站起来，在房间里来回走了几步，然后去了厨房。显然，她很不自在，甚至有些不安。从小到大，我已经学会了揣摩她的心思，不管她怎样掩饰。反过来也是一样，我害怕她那母狼般的黑里透绿的眼睛。

一会儿微微从厨房出来。"阿梅，你过来。"她坐在沙发上，示意我过去。我过去坐在她身边。她转身对着我，"阿梅，看着我。"她的眼睛显得很深，而且充满了寓意，脸颊上却滑稽地抹了一撇墨迹。"认真听好，"她说，把手放在我肩膀上，"永远不要坐那美国人的车！"

"我不知道他是不是开车，据说他骑自行车。"

"那就不要坐他的自行车。"

"当然不会。他是外国人。"

"阿梅，你向我保证！"

很奇怪微微让我保证这样一件事，一件不会发生的事。

"我保证！"

微微的两只手仍然箍住我的肩膀。她继续盯着我的脸，眼睛里有一种我从没看到过的东西。我熟悉冬天我们的煤烧完了她的眼神是什么样的，或者我用刀切了手她的眼神是什么样的，但是此刻她的眼神好像比前两者更可怕一些。"不能让他诱惑你！"微微说，"美国人很狡猾的。"

我不知道她什么意思，但我还是点点头。我知道她过去在上海见过一些外国人。那时我还没出生，但是她对考我的美国人夸张的反应还是让我有点吃惊。

"微微，诱惑不诱惑，我才不操心呢。"我说。

"你怕什么呢？"她问。

"我害怕听不懂他的英语。"我说。

微微松开我的肩膀："你的英语很出色，有几个像你这样年龄的人能读英文小说？"

她说得倒也对。捧着厚厚一本英汉字典，我在读夏洛蒂·勃朗特的名著《简·爱》，它是我唯一拥有的一本英文小说。就是读这本小说的时候，我爱上了英文。我喜欢英文音乐般的节奏（和我们单音节的汉字太不一样了）。不过更吸引我的是女主人公简·爱的个性和自由精神。有些我喜欢的章节和段落，我读了一遍又一遍。

"记住，"微微又说，"外国人看上去可怕，但是他们内心很虚弱。"我看得出她在强作镇静，她的声音有点不稳。

"听说外国人身上还有味儿。"我笑着说，想缓和气氛。

"是啊，一股臭味儿。"微微也笑着看了我一眼，但她的笑有点勉强。

我深吸了一口气，重新拿起毛笔。通常微微的话总是能安慰我，但这次，她嘴上的安慰抵不过脸上的不安。一想到很快要回学校，面对那个美国人，我的心里就有沉沉的感觉。

微微和我都不说话了，只有落地扇在懒懒地哼唧着。我们俩好像都很难集中精神。她不时地玩弄手下的宣纸，而我的毛笔也不时往纸上滴墨。我的脸发烧般的热，拿笔的手有点抖，手上的汗把纸弄湿了，写出的字更是很糟糕。微微正襟危坐着，但是这么半天的工夫她只写出了一个字，还被她涂掉了，像一只巨大的蟑螂。

第二章

今天应该是决定我前途的一天。

听到叫我的名字，我清了清嗓子，拽了拽衣角走进考场。

"*Hello*！"那个美国人说，从座位上站起来，把手伸向我，"我是 *Luke*。"

我先注意到的是他的个头。在我对面简直像一根石柱或马路边的电线杆子。他的肩膀很宽很厚，衣服下面鼓鼓的。我听说美国人都长得高头大马，因为他们每天吃牛肉，不像我们大多吃蔬菜，猪肉吃得也很少。

"*Hello*！"我用从高中英文课本里学来的语句回答。我去握他的手，却只抓住两个手指头。他的手大得像蒲扇，手背上长满了棕色的汗毛，渐渐往胳膊上延伸，又从粗壮的胳膊一直长到了他脖子，简直成了一片绒乎乎的草丛。我尽量不去看他的眼睛，可又抵不住好奇心。这还是我第一次亲眼看到蓝眼睛，使我想起小时候玩的蓝色玻璃球。他的脸被晒得发红，鼻子的确高，很直，给人一种固执的印象。他的头发不长不短，棕色，很乱。他一点都不像老师，汗流浃背的样子倒像一个被从篮球场上临时拉下来的球员，被借用到学校给我们考试，仅仅因为他的母语是英语。

我的确能闻到他身上的汗味，还夹杂一种奇怪的味道。我觉得只有卫生球和四川辣椒面混合起来才能产生这味儿。

他比我想象的年轻了许多，尽管我还是猜不出他的年龄。

我差点忘了告诉他我的名字，"我叫林嫦娥。"我赶快说。

"林、嫦、娥。"篮球 *Luke* 笨拙地重复，挠挠头。很明显，我的名字叫起来对他有点困难。"请坐下。"他说。

他穿着一件蓝色带黄条的运动衫，坐在桌子后面，两只手放在桌子上。他的样子使我想起一只大老鹰。微微的话在我耳边响起，对，他只是一只纸老鹰罢了，里面全是空气。

我坐在凳子边上，做好了打不过就逃跑的准备，等他问第一个问题。他好像不着急，在打量我，细细地，看得时间有点长。我本来就紧张，在他的凝视下更加不自在起来。"你的名字，嫦娥，是什么意思啊？"他问，"我印象里中国名字都有意义。"

我的名字什么意思也是考试题吗？不过这个问题很好回答："就是月亮的意思。嫦娥是一个神话人物的名字，因为偷吃了长生不老的仙药飞到月亮上去了。"

"挺有意思。你说的月亮就是月亮和太阳的月亮吗？"他问，"我的理解是，在中国文化里月亮有不同的象征。"

他怎么知道那么多？我不知如何回答他，就用糟糕的英文说："月亮是月亮，太阳是太阳。"我感到自己非常愚蠢。

Luke 笑了一声，使我有点恼火。

"别人都叫我阿梅，"我赶快说，"你从现在起就忘了月亮这回事儿吧，叫我阿梅好了。"

我很不喜欢嫦娥这个名字。微微怎么给我起了这样一个没有想象力的名字！我更喜欢我的小名——阿梅，取梅花之意。微微说梅花是百花之首，唯一在寒冬里开的花。尽管叫"梅"的人很多，但我喜欢它高贵、纯洁，又坚强的品性。不过眼下我不想把这些都告诉一个陌生的美国人。

"阿梅、阿梅。"他慢慢地重复着。

"阿梅这个名字没有什么意思。"我赶快说。

"噢。"他点点头，"你是从哪里来的呢？"

"我从上海来的。"我回答。我是在上海出生，北方长大的。微微要我告诉别人我是上海来的，好像从一个大城市来会增加我的价值。

"你为什么要考进示范班？"他扫了一眼桌上的考试题，第一次问了一个该问的问题。他直了直腰，显得有点僵硬，挺严肃的样子，好像刚想起他应该装成一个教授的样子。

学校自己开这个班，又问我们为什么想进这个班。有点荒唐。好像给你一个苹果，又问你为什么要吃它。示范班是一个特殊班，为了培养英文好的医务人员。据说我们这些人将来会有远大前程。至于这"远大"包含什么我们不清楚，只知道以后出去会有好的工作。

但是我不知道怎么用英语讲这个意思而显得不愚蠢。

"说嘛。"*Luke* 催我。

昨天晚上，我跟着微微一起拜佛。南无阿弥陀佛，南无阿弥陀佛，南无阿弥陀佛。我求菩萨在英语考试时发慈悲。我几次听到微微说"美国人"这三个字，但我不相信她和我求的是同一件事。她的声音一直很低。

"你要进示范班是因为？"篮球 *Luke* 重复了一下刚才的问题。他的口音和我经常听的 BBC 英语很不一样，和《美国之声》也有差距。《美国之声》是我从收音机短波频道上偷听的，背景有好多干扰。我看了一下周围。一个中国老师在对面测试其他同学，那些同学显得很从容且面带笑容。显然，老师没有难为他们。

"怎么说呢，"我想办法回答 *Luke*，"因为这个班用英文上课，我很喜欢这种语言。"

篮球 *Luke* 放松了一点，我想他大概对我的回答挺满意。他又看了一眼考试题，问："你喜欢在这个城市生活吗？"

我真想告诉他我有多么厌恶这个城市：带灰尘的风，拥挤的公共汽车，粗鲁的邮局人员。我还想大胆地告诉他我一直想到外面的世界看一看呢，而且除了扛一卷被子，什么都不带，只在口袋里塞一本《简·爱》。

我当然不好意思向一个叫 *Luke* 的陌生美国人吐露这么多。何况我也不会用英语表达出来。到现在我都不确定我是否喜欢 *Luke* 这个名字。

我只好说："我很喜欢这个城市，它是一座美丽的城市。"这些当然都是从英文课本里背下来的。

他笑了，可能被我的呆板逗笑了。但他马上意识到不妥，又换上一副严肃的面孔。下面的问题是关于天气和地理的，我都很自如地回答了他。

"你为什么要当医生呢？"他又问。

这像是一个挺重要的问题，但事实是我从来就没想当医生。微微说，她和我爸爸当初一致决定我长大后当一名医生。她说当时爸爸正在弥留之际，快死了。微微认为当医生不会失业，就像手里捧着一个永远不会空的饭碗。她还说经常做噩梦，梦见我用像筷子一样细的胳膊在矿场扛比我还大的石头。当我问到我爸爸的想法时，她草草地说，他考虑的是我的安全。至于当医生为何安全他没能够解释。

因为我没马上回答，*Luke* 往前倾了倾，"没想过吗？"他离我那么近，我又闻到了他身上的卫生球和四川辣椒混合味。

"我想当医生，是因为我想全心全意地为人民服务。"我说，"特别是边远地区的穷苦人民。如果可以，我会去落后的戈壁滩做一个医疗工作者。"

我把戈壁滩加进了背诵的句子中。

"戈壁滩，沙漠？真的？我也喜欢沙漠。"他显得很高兴，"我去过莫哈维沙漠和奇瓦瓦沙漠，非常壮观。你有没有去过？"

我摇了摇头。他真的不知道旅游不是我们生活的一部分吗？更何况到外国去？微微连一张到我一直向往的上海的火车票都买不起。可是我该怎样向这个生活条件肯定很优越的美国篮球小伙解释呢？我现在断定他比我大概大五岁。

"你去过农村吗？"他问，"农民有什么医疗？"

我不知道这个问题是否在考试题里。我认为他应该对我的英语很满意而给个高分就放我走。但是此刻，当他的蓝眼睛盯住我的时候，我意识到我"出色"的回答，不但没让他满意，反而使他恼火，好像看到我挣扎，他才高兴。我突然想起了《简·爱》里面的一个词——恶魔。恶魔，我在心里面喊着。

"没有，我从来没到过农村。医疗……什么医疗……你再说一遍好吗？"我结结巴巴地说。

我感到口干，偶尔不由自主地屏住呼吸，并不停地在裤子上擦手心里的汗。任何医疗制度方面的词语储备我都没有。我在脑子里搜索准备好的英文句子，但是没有找到一个能用的。我低下头，看着水泥地，开始用手搓我的衣角。

"你十七岁对吧？"他忽然问。

他怎么知道我十七岁？我根本就没提我的年龄啊。我上学早了一年，其他的同学都是十八岁，除了一个叫芬芳的女孩儿十九岁。

看到我有点吃惊的样子，他说："我乱猜的。"脸上有一点窘迫的笑容，但仅持续了几秒钟。"你可以谈一谈家里的情况吗？"他显得挺随便的。

这个问题肯定不在考试题里。我非常不愿意跟任何人谈我的家庭。

"家里就我和我妈妈。"我说。

"没有兄弟姊妹吗？"

"没有。"

"你的父亲呢？"

"他死了。"

我当然不能告诉他我觉得爸爸还活着。

"他怎么了？"他开口问，但是又停住了，"对不起。"他轻轻地说，若有所思的样子。

我不知道再说什么，我不喜欢他声音里的怜悯，也为他对我家庭的好奇感到疑惑。他是在考我的英语呢，还是更想知道我家里的情况？我等他换一个话题。

他把写着考试题的纸反过来放到桌子上。"这些考试题太无聊了。咱们说些有趣的。"他往后靠在椅背上说，"告诉我一两件最近发生的新鲜事儿。"

我脑子疯转，但是没什么结果。然后我想起了最近在《多彩文化》杂志上看到的一个消息。"我最喜欢的一个笔名叫三毛的台湾作家去世了，"我说，"我为她的离世非常伤心。"这是真的，我喜欢沙漠就是因为读了她的《沙漠观浴记》。

"为你难过。"他说，"这么说你很喜欢阅读啊？"

"是啊。"我说，很高兴谈到了读书这个话题，"我从四岁就开始读书了。"

"你都读过什么书？"他问。

假如把我所有读过的书的名字都告诉他起码要花一个小时，何况有很多我都不会翻译。《西游记》《水浒传》《笑傲江湖》，我告诉他这几个书名，知道翻译得很不确切。还有好多简易本的童话故事，我没好意思说。

"你读过西方文学作品吗？"他问。

《简·爱》是我唯一读过的西方小说。简·爱这个年仅十八岁的女家庭教师也是我第一个认识的西方故事女主角。我对她感到很亲近，如同姊妹，有时幻想是另一个我。但是这是我的秘密，我不想告诉这个篮球 Luke。

"我没读过什么西方文学。"我说，"那些书不容易得到。"

"是这样吗？"他用手指敲了敲桌子，"你看新闻或者读报吗？"

我没防备他突然转话题。"我不怎么看报纸和新闻。"我低声说，很不情愿地承认我只深深地埋在虚幻的小说世界里。

"那你怎么跟得上现实生活呢？"他显得有点严肃。

我没有回答，在想，也许这次考试我不会及格了，我的光明前途一点点暗淡下去，眼泪在眼睛里转圈儿。我一动不动像哑巴一样站在这个美国人面前，脑子里唯一的活动是把他和《简·爱》里的男主人公——傲慢的罗切斯特先生比较。此刻，我想 Luke 可能长得就像他，大脑袋和过分修长的四肢。

他身上那股卫生球和四川辣椒的气味还在侵袭我的鼻孔。

"你想不想到美国去？"他突然问，紧盯着我的脸。

这个问题太突然了。他难道不明白我想不想去美国是个无意义的问题吗？我对美国很着迷，比方说美国流行音乐、电影、好莱坞。但我从来没有去美国的想法。漂洋过海到地球的另一半听起来像一个童话。不过如果对一个美国人说我不想去美国，又可能会显得不礼貌。我卡壳了，我的脸开始发烧。

"如果你不想回答这个问题……"他没说完就停住了，但却歪着头看我，又好像在等我回答，"但你应该出去看看，了解外面的世界。"

我很生气被这个问题逼迫，怒气给我壮了胆。我随便从《简·爱》里面抓了一句台词："你以为我穷，没有地位，长得又小又不起眼，我就没有心没有灵魂吗？"这句话有点能反映我此刻的心情，我说得很流利，把自己也感动了。

"什么？你穷？不起眼？你在说什么？见鬼……"轮到篮球Luke卡壳了。

罗切斯特先生说的是："是这样吗，简·爱？"

简·爱的回答是："是这样会怎么样？不是这样又会怎么样！"

Luke的舌头像被绑住了，身体在椅子里很不舒服地动着。我第一次直视他的眼睛，得意地看着他傻乎乎的样子。教室对面那些学生，很快地一个一个考完了。为什么我还在这里被审问？这个美国人难道以为只有捉弄学生才会使他像一个老师吗？

我又想起了《简·爱》里的一句话："我是一个自由的人，我的自由意志让我马上毫不犹豫地离开你。"

篮球Luke一动也不动，脸上还是那副痴呆的表情。忽然，他哈哈大笑了起来。

"OK，OK，你当然可以走了。别那么严肃啊。"他笑着说，"希望再次见到你，嫦……"他没法把我的名字说完整，惨兮兮的，最后只好说，"噢，月亮。"

第三章

走在小巷里，我心情舒畅，脚下轻快。我不时停下来观赏蔷薇花，黄色的、粉红色的，从人家的院子里爬到墙外。窄窄的小巷里很热，只有墙内探出的树枝提供一点阴凉。

这是英文考试后的第一个周末，我回家和微微过。我一进门，微微就从厨房里走了出来，边走边在围裙上擦手。她没有像往常那样一步上来，拉起我的手问长问短，而是隔开几步，上下打量着我，好像她一碰我，我就会消失。

"你回来了，你回来了……"她不停地重复着，仍然站在原地一动不动。

"我考过了，进了示范班。"我高兴地对她说。

"是吗？"她淡淡的，没显出高兴的样子。她慢慢走到沙发坐下，"都说了什么？"

"谁说了什么？"

"那个美国人。"

"他问了我好多问题，有些挺难的。"

"都是什么问题呀？"微微问，一双眼睛在我脸上搜索。

"好多问题，不记得了。"她从来没对我的考试这么感兴趣过。

"他问没问你家庭情况？"

奇怪的是 *Luke* 的确问了我家庭情况，更奇怪的是微微猜到了。

"问了。"

"问了什么？"

"就是家里有什么成员。"

厨房里水壶开了，传出响声，但微微好像没听见。

"他叫什么名字？"

"*Luke*。"

"*Luke* 什么？"

"他没说。"

"他说没说为什么来中国？"

"他没有谈自己。你问这干什么？"

"没什么。"微微摇摇头，显然不满意。

"我肚子饿了。"我站起来说，"在学校里我一直馋你做的饭。"

她看了我一眼说："去吧，去吃点东西。"

我匆忙来到厨房。在厨子里找到一碗米饭，一盘白菜炖豆腐。没有肉的时候，有豆腐吃也很好。吃饭的小圆桌只能坐三个人，多一个也盛不下。厨房大部分空间被一个很高的碗柜和炉子占了。弯弯曲曲的烟囱使房间显得更拥挤。我坐下来迫不及待地吃了几口。白菜豆腐没什么味道。奇怪，微微做的饭通常味道很重啊。她这次忘了放虾皮。微微可是从来不忘事的啊！

周日早晨，讨药方的人上门来了。

微微倚着一大堆枕头，靠在床上。手里捧着一碗热腾腾的中药汤。是她小的时候姥爷专为她开的一个方子，养生健身的。她从没有停止喝过。药方里含有从鹿茸里提取的珍贵成分，不治病，只是强体补气。每次喝汤药她都显得醉梦迷迷的，好像在抽鸦片。她先把药在嘴里含一会儿再咽下去，好像要尝一尝它的苦味，像她喝蛇酒时的样子。

客人是一个老师和他的女儿，女孩七八岁的样子。微微马上从她的迷蒙中抽离出来，变成了另外一个人，灵动，昂扬。

一般有两种人来找她。一种人不相信西医，到我们家来要中医药方。另一种人是看过西医后没治好。他们有的是相识的人，有的是街坊邻居，有的是在菜场、鱼市、布店听说过微微的人。

"请坐吧。"她用柔和的声音说。她微笑地看着小女孩，"小姑娘好秀气啊。"

"不秀气，阿姨。"女孩红着脸说。她的声音出乎意料地又粗又哑，像小巷里那个常吸烟把喉咙熏坏了的张寡妇的声音。

"丽子的嗓子突然哑了有三天了，不感冒也不发烧。"她爸爸说，"吃了医院的药，一点没管用。"

微微把丽子拉到她身边坐下，指了指自己的褂子问丽子："知道这是什么布料吗？"她的问题显得挺奇怪，但是我知道微微是有用意的。

丽子不假思索地说："当然知道，是丝绸。"但是"丝"听起来很含糊。

"真聪明。"微微说，"还有什么东西也是'丝'开头的？"

丽子想了想说："丝瓜。"但是听起来像"黑瓜"。

"不要担心。"微微说，"我有一个妙方是专门治你的嗓子的。"

　　微微要我到厨房里拿一些煮好了的荸荠。她从木碗里抓了一小把，放在丽子的手里。她的脸突然一亮，换上一种马上就要讲故事的特殊的表情。在卖给人中药之前，微微总是要讲一个故事，好像每一个药方都有一个故事。有时候我真看不出她到底是真有一个故事，还是即兴编造的。"说"很重要，微微告诉我，药效不光在药里，还在药剂师的嘴里。比如她有时会告诉病人这个药方曾经治好了某著名演员或者某某朝代的皇帝，然后说："难道会治不好你吗？"等她把中药包稳稳地放在病人的手里时，他们的病已基本好了一半儿了。

　　"阿姨给你的妙方有一个故事，你想不想听？"微微问丽子。

　　丽子正在小心地用牙齿咬掉荸荠的皮，忙说："想听啊。"

　　"那时你还没有生呢，其实我也还没有生呢。有一个著名的中医，名叫平舟。"微微开始讲，"每天早晨平舟坐在他的红木桌前看病人。号脉时，他让病人的手腕放在一个塞满草药的小枕头上。有一只白色的波斯猫，一只眼睛蓝，一只眼睛绿，蜷缩在他的脚边。"

　　"有一天，一个很美丽的女人来到平舟的诊所。她是茶馆里唱评弹的艺人，艺名叫杨柳。平舟给她号脉之后说：'你的身体很好，没有病。'杨柳说：'那就请平舟先生给我开一服药，让我的嗓音更亮更甜吧。'杨柳的上海口音很甜。'我可没有那个本事。'平舟说，'但是我可以给杨柳小姐一个方子来滋润喉咙。'他边说边写处方。他的字很工整，很漂亮。一个好中医往往也是一个好的书法家，他给病人的处方也同样是一件艺术品。杨柳喝了平舟的药，声音果然变得又亮又甜，茶馆的客人也越来越多，逗留的时间越来越长。"

　　"太神奇了。"丽子感叹道，"那我的声音也会像杨柳那样变得又亮又甜啰？"

"是啊。"微微边说边捋了一下丽子的小辫儿。继续讲，"后来，杨柳邀请平舟到茶馆听她演唱，其实她已经爱上他了。一天晚上，杨柳演出的时候，在台上看到平舟在一张纸上写着什么。她猜想他大概是在给她写情书吧。他很羞涩，从来没有当面向她表示什么。茶馆关门的时候，平舟递给她一张纸条就走了。杨柳打开一看，挺失望。哪里是情书，分明是一个处方。

"杨柳有点伤心地回家了。半夜她忽然发起烧来，39摄氏度。这个时候到哪里去找医生啊。她突然想起了平舟的处方。她把它打开，发现处方背面写着：'去法根药店。敲他的门把他闹醒，告诉他是平舟让你去的。他知道怎么做。'杨柳小姐早晨就好起来了。原来杨柳在茶馆里演唱的时候，平舟从她的嗓音里听出来她已经病了。"

说到这微微停顿了一会儿。

"太妙了。"丽子捧场。

"那是平舟第一次去茶馆。"微微接着说，"有一天，杨柳忽然来到平舟的诊所，坐下来，把琵琶放在腿上，开始唱起来：'世上只有藤缠树，有谁见过树缠藤？'"微微也轻轻地唱着，声音有点颤，婉转入耳。

"从歌词里，平舟明白了杨柳是在暗示他应该去追求她。从那以后，他经常去茶馆听她唱曲。每次杨柳看见他，就会唱《桃花扇》，那是杨柳的保留曲目，只在特殊时候才唱。她纤细的手指在琵琶弦上飞舞，她是用自己的心在唱，往往唱到最后一个音符时，她会晕倒。"微微停住，眼神有些迷离。

看不出她是否已经讲完了故事，但她显然不想继续讲下去了。她转向墙，对着姥爷的照片久久地凝视。照片里姥爷平舟很英俊，眼睛很亮。他死的时候只有四十六岁，是在狱中绝食而死。我姥姥杨柳也跟着自尽——微微没有告诉我具体细节。但他们好像总是在照片上看着我，不管我从哪个角度看，他们都在盯着我，好像在吸引我的注意力，好像要告诉我什么。

微微渐渐从她的沉思中醒过来，走到姥爷的药柜边。药柜和她差不多高，上面刻有花鸟树木的花纹。六十四个小抽屉装着各种各样的中草药，还有晒干的知了猴、甲壳虫和蝎子。抽屉上没有标记，微微知道每个抽屉里装的是什么。给丽子配药，微微打开了七个小抽屉。她拿着一个玲珑的小秤，把每一样成分称好，倒进一个牛皮纸包里。

"我再加进去一种特殊成分，让你的皮肤更细腻。"她跟丽子说。打开最后一个抽屉，捏了一小把，没有称重，直接倒进口袋里。

丽子高兴地对她爸爸笑了笑。微微皮肤很白皙，我的也一样。这是对她中药最好的证明。她把纸袋用草绳系好递给丽子的爸爸，然后在一张白纸上用一支水笔写下了吃药的方法。她把白纸折成一只小鸟，塞进丽子手里说："喝五天，你的声音就会像杨柳的一样又亮又甜。"

"阿姨，平舟和杨柳后来怎么了？"丽子问。

"后来像其他相爱的人一样，他们结婚了，然后有了一个女儿。"微微和我交换了一个眼色。

丽子满意了，从他们带来的篮子里拿出几个石榴放在桌子上。微微愿意接受任何东西做药费。那些出不起钱的，就给她东西，比如自己家种的水果，自己养的鸡下的蛋。有些了解她的人会给她糯米，知道她是南方人，喜欢吃米，不喜欢吃面，糯米在北方很难得到。对于那些来向她讨药方的干部们，她要价很高。

她要得越高，那些人越觉得她的药方珍贵。

"这些石榴多好啊，熟得咧嘴笑了。"微微高兴地说，"我女儿和我最喜欢吃石榴了。"

丽子的爸爸走近微微说："谢谢你给丽子治嗓子。"

"丽子的嗓子不是问题。"微微低声说，"病在她的肺。"

"肺？"他显得有点吃惊和紧张。

"喝了中药就会完全好了。"微微说。

他掂了掂手里的药包，好像放心不少。"嗯。"他对微微点了点头，就牵着丽子的手走了。

丽子和他爸爸走后，微微和我坐下来练书法。我准备练楷书。和其他书体不一样，楷书容易认却难写，笔画比其他任何书体的笔画都要多，不能偷工减料，而且要求每一个笔画都很精确，不容马虎。所以写楷书要慢慢来，写的时候手要稳。微微让我想象一杯水放在我的毛笔杆头上，水不能洒出来。同时，毛笔尖在纸上的移动，要像湖上蜻蜓点水那样轻松自如。

微微在写草书，这是她最喜欢的，也是她的绝活儿。和楷书相反，草书很个性化，通常很难认。微微的草书有点戏剧性的效果，会有突然的转折，笔画相接，造成一笔下来的假象，好像如果找对了头，拎起来会舒展成一条线。这种写法很适合微微躁动的心境和复杂而矛盾的性格。她写字的节奏也和她心情的波动吻合，我可以从她的笔画里看出她的心情。她写出的字，像活的一样，总是在动：有时像正在往空中跳起的兔子，有时又像刚飞落到树头的小鸟。

微微边写边自言自语，像一个小学生："牡丹：活血，促使身心和谐，是中药十大名花里最脆弱的一个。桂花：蝴蝶恋人，治疗牙疼。荷花：佛的花，静心，养性。兰花：十大名花中最香的，闻多了人会醉。"像往常一样，微微在写姥爷的中药方。

"那时候姥爷的药方被夺去了很多吗？"我问。

"他们拿走了一多半，剩下的他藏起来了。"微微说，"对姥爷来说，失去他的中药方比被当众受辱还难忍。"

"你是说现场批判吗？"我在书本里读到过一些类似的事情。

"是的。"微微说，"那时候，他们把你姥爷五花大绑，胳膊拧到背后，强迫他低下头去，他的头发也被剃光。"微微叹了一口气。

"他们也让你受罪了吗？"

"他们也给我剃了头。"微微说，"众目睽睽之下，一个和我年龄差不多的女孩子给我剃的，只剃了一半，说很新潮。他们要我站在你姥爷旁边，要我低头，但是我硬硬地把头挺起来。人群里有人向我扔小石子儿和树枝，大部分打在我的胸上。我没有躲，站得很直。'姑娘啊，你长得太俊了'，后来一个街道口卖地瓜的老婆婆对我说，'俊秀是你的不幸。'"

我又想起自我记事儿起，微微从来没说过我长得美。

微微将墨研好后，把墨盒放在我们俩中间。"有一次我逃走了，"她说，眼睛好像看着很远的地方，"他们追我。我记得我在工地的碎砖碎瓦上跟跟跄跄地往前跑。我不知道自己还能跑得那么快。但是谁想到还是不够快，不够快啊。"

微微不说话了，继续写。我还想听下去，但我知道不能催她，随着时间推移，她会给我讲的，在适合她的时候。写字桌很小，我不时地和微微相互磕碰。我们写了一张又一张，我们的笔画弯啊折啊，不停地延续下去。因为担忧下一周的到来，我有点集中不起精神，不时停下来，漫不经心地左顾右看。

微微抬起她的毛笔说："你的脸蛋儿红红的，看你的字歪歪扭扭的，有什么心事啊？"

"没什么。"我说。

"看我的字，也写得很糟糕。"微微自嘲地笑了笑说，"纸上的墨点像一个个蜘蛛，我的草书笔画像狂风里的野草，有缠在一起的，有断裂的，有耷拉脑袋的。"她喃喃地说着，把上面那张纸撕掉，重新开始写。

"荷花，"她嘟囔着，"雪花，秋华，山花。奇怪，这些花其实很美丽，但是写在纸上它们却不一样，有点像女人的衣服不整齐。"

我在想心事，不想理会微微。可是她又说："有一种很奇特的花你没见过，阿梅，这里不长。"

我喜欢花，可见过的不多。我问："什么花那么奇特？"

"龙胆花。"微微边写边说，"龙胆花也是一种中草药，味苦，性寒，清理湿热，镇咳。遍生，远尘世，求清纯。花蓝色，瓣灿烂如火焰，高洁、娇柔、尊贵。"写完了，微微显得若有所思。

一会儿，她突然抬起头来问："什么时候上第一节英文课啊？"

我知道英文课和美国老师将成为不可避免的话题。"星期一。"我回答。

"别把这个特殊的班看得太重要，阿梅。"

"你是什么意思啊？"

"要看你怎么理解'特殊'。"

我不知道微微这些话的意思，我也不想去想它们。我只是庆幸我进了这个特殊的班。我的英文分数是考试学生中最高的。我

挺吃惊 *Luke* 给了我那么高的分数。因此，我被指定为英文课代表，而教这个课的老师是 *Luke*。对此我不知道自己是什么感觉，是感恩还是懊悔。

"不要像别人跟在外国人后面那样跟着他。"微微说。她写完了最后一笔，轻轻地把毛笔抬起来。

"我躲还来不及呢。"我说。

知道微微会担忧，我没有告诉她我是课代表，因为课代表会和老师有频繁的接触。我想象自己替 *Luke* 扛书、收作业，也许还会替他拿咖啡杯呢。他自己反而空着手在我后面慢慢地走。这个画面使我有点紧张，但不知道为什么又有点兴奋。

"注意字形。"微微说，"记住，你的字应该在方格里，虽然白纸上看不到界线，但不等于没有。"

我写完了一张，正想继续写第二张时，微微又抬起头来，"阿梅，你记不记得繁体字的'处'是怎么写的？"

"哪一个'处'？"

"'相处'的'处'。"

繁体字很不容易记。我想了一会儿说："上面是老虎的虎，下面是一个'处'。"

"哪个？"

"就是地方、所在的那个'处'。"

"也是处女的'处'吧？"微微说，看着我的眼睛。

"是处女的'处'。"我躲开她的视线。

我睡觉很沉，但半夜还是被弄醒了。我坐起来，声音从微微的房间传出来。这个声音我再熟悉不过了。她在哭，抱着枕头哭，所以听起来声音发闷，像受了伤的动物的呻吟。我从小形成了一个习惯，一听到她这样哭，我就会闭上眼睛，极力想象我自己在无边无际的沙滩上往前走，肩上扛着一大袋子煤——那是我能想到的最重的东西——迎着风走，风声就像人的呜咽。我走啊走啊，直到累得倒下去，这时候我就睡着了。

今晚我却怎么也睡不着，因为微微好久没有这样哭了。我知道她迟早会停下，但是不知道什么时候。只要她在她的房间里哭，我就在沙滩上走。风沙呛着我的喉咙，那一袋子煤重重地压在我的身上。

第四章

我和微微在院子里晾床单，我说："昨天晚上我听到了。"

"听到什么了？"微微站在晾衣绳的另一边，抚平床单上的折皱。

"你又出那种动静了。"

"我在做梦，你知道我经常做噩梦的。"她总是用这句话来打发我。

晚饭后我在家磨蹭了一会儿，微微就催我："快回去吧，不要太晚了。"她往我的书包里塞了几个茶叶蛋、一包炒花生仁和几块她自己做的大米糕。她担心我在学校吃不好。

"记住，先把鸡蛋吃了，时间太长会坏。"微微说着，费力地拉上撑得满满的书包。"记住，别和美国人单独在一起。你需要见他的时候叫上一个人跟你一起去。"她把书包递给我叮嘱道。

她以前从来没有担心过这些事情，就因为 *Luke* 是个美国人吗？

"你都听见我的话了？"她着急地问。

"听见了，都听见了。"我不耐烦地说。

　　通常微微把我送到家门口就会停住，但今天她一直把我送到了大门外。她紧紧地握住我的手，好像一松开，我就变成空气消失了。她站在那里看着我在小巷里走远，仿佛我踏上了一条很长的征途，她好久也见不到我了似的。

　　公交车又没按时来，我到校园的时候已经挺晚了。我走得很快，不时跑几步。但是到了女生宿舍，大门还是已经关了，我需要爬过栅栏才能进宿舍。这个栅栏是为了我们的安全所建，但女生私下叫它"贞洁栏"。我们必须赶在大门上锁之前回宿舍，不然我们的辅导员就会找我们谈话，弄清楚原因。爬栅栏还隐含着撕破裤子的威胁。这次还好，我从栅栏上往下跳的时候，只稍微扭了一下脚腕。我四处张望，庆幸没人看到我。

　　宿舍里的灯已经关了。大部分女生都睡了。示范班的女生分住两间宿舍，两个女孩儿睡一个上下铺。每个人都像蚕茧一样缩在自己的白色蚊帐里。我小心翼翼地爬到上层，拉上我的蚊帐。我喜欢藏在我的小小的白色世界里，有一种和外面世界隔离的安全感。但今晚我好久睡不着，一想到要跟 *Luke* 打交道就紧张。他会不会像考试那天一样问我一些摸不着头脑的问题让我尴尬呢？他会不会当着全班同学的面让我难堪呢？毕竟考试那天我引用的那两句《简·爱》里的话有点生硬，甚至霸气。

　　清晨，我们揉着睡眼，头发乱蓬蓬地涌出宿舍，跑到大操场上做早操。我们的辅导员屠宜站在队列前面，检查是否有人缺勤。他负责管理示范班的生活和纪律。至于管哪些细节，管到什么程度，我们有待发现。他看上去有三十多岁，我们不知道他的来历，只知道他没有上过大学。大概因为心虚，他喜欢用比喻和成语，可往往因为用得不恰当而更让人好笑。为了增强他的权威，他用军事训练的方式来管我们。在他的注视下，我们整齐地排成行，排成列，做一套不知是谁发明的八级操。我们弯、扭、踢、跳，做各种别扭的动作。

"李红，怎么站在那儿一动不动？还没睡醒吗？"他喊叫着。

李红是一个戴眼镜的女孩儿，老是显得神不守舍的，让人怀疑那副厚眼镜片后面是不是一个真人。听到有人叫她的名字，她才无奈地动动胳膊。

"钱大山，你知不知道你全都做错了？"辅导员又朝一个很瘦小的、有点儿胆怯的男生喊。

操做了一半，屠辅导员朝我这边走来。他个子不高，但很粗壮，使我想起《水浒传》里武松的哥哥武大郎。没想到他真在我身边停下了，把我叫到一边，使我有点惊恐。

"你的英文老师是个外国人，对吗？"他说。

他的眼睛出奇地大，而且突兀，需要很有勇气才能和他对视。他说话时眼睛老是在眼眶里转来转去，像在看我，又不像在看我。我眼睛盯着他耳朵边一个像毛毛虫一样的伤疤。

"你呢，是一个年轻女孩，不是吗？"他又说，"提高警惕。不要一叶障目，往自己脸上抹灰啊。"

他的意思很含糊，我不知如何反应。既然他没有问问题，我就没说话。微微告诉我沉默是最保险的。

"你明白我的意思吧？"他说。

我还是没张口，在想应该点头还是摇头时，他走开了。不过走了两步又转过身来说："那个美国人二十多岁了，比你们大好多，很有经验。"他又走近了两步："他根本不是老师，也待不了多久。"

他说的话我一点都不吃惊。但他说 *Luke* "很有经验"是什么意思啊？教学有经验？在社会上处事有经验？

我只知道 *Luke* 太年轻，把他比作《简·爱》里的罗切斯特先生有点牵强。

早操做完了，屠辅导员一放行，我们就急匆匆地跑回宿舍。我们拿出自己的牙刷、牙缸，从床底下扔出洗脸盆，往里扔一块毛巾和一块肥皂，涌向洗漱间。洗漱间很大，一排女孩儿弯着腰站在一个长长的水池面前，用凉水洗脸刷牙。其他的女孩儿在水池的对面上厕所。然后两边交换位置。我们的日常那么死板，连我们的身体功能也要相应配合。这个时候很少有人顾得上说话，因为接下来吃早饭的时间不多。只能听到流水声、脸盆的敲打声，以及我们的鞋踩在湿湿的水泥地板上发出的声音。

回到宿舍，女孩子们开始叠被子，铺平床单。我没有时间整理我的床铺，要赶快去餐厅吃饭。

芬芳叫住我："阿梅，你要整理你的床铺，太乱了。"她眨着长长的睫毛看着我。她是管房间卫生的。

"我有急事儿。"我边说边往外走。

"你要我来替你叠被子吗？"她问，"屠辅导员来检查时，我们可不想惹麻烦。"

"好吧。谢谢了。"

目前我只交了两个朋友。除了德伟就是芬芳，尽管我觉得我和芬芳并没有多少共同之处。我喜欢读小说，她喜欢看电影和时装杂志。我穿的衣服很宽松，芬芳的上衣总是很紧，衬托出她的小细腰。我觉得我自己像简·爱一样，长得很普通。尽管芬芳不是一个标准美人儿，但她有一种很迷人的气质，会使人不由自主地愿意做她的朋友。

到餐厅了，里面很大，除了供学生吃饭，还有其他的用处。最前面是一个木制的舞台，两侧有拉幕，学生表演文艺节目的时候用的。如果开大会，就把一个讲台放在舞台的中间。大部分时候就当餐厅用，水泥地上挤满了方桌，没有椅子或凳子。一般六个学生共用一张方桌子。可能让我们站着吃饭也是一种锻炼我们的方式吧。

德伟已经在那里了，正吃油条，面前有一碗冒热气的玉米粥。他总是第一个来。他精力很充沛，他说睡觉就像完成任务，通常我们做早操前，他已经围着操场跑三圈儿了。他中等个儿，不胖不瘦，过分自信的外向性格使他有一种特有的感染力，但同时他的狂傲又使他对有些人有点排斥性。

德伟朝我挥了挥手中的油条，"欢迎英文课代表。"他笑着说。

"别逗我了。"我在桌子下面的木架上找我的饭盒。

"你当课代表我为你高兴，真的。"

"我自己并不高兴。"

"为什么？"他先找到了我的饭盒，递给我。

"事多啊。让人有点紧张。"

"紧张？ *Luke* 让你紧张吗？"德伟问，"就因为他是美国人？这并不说明他比我们强。穆罕默德·阿里会告诉你不要害怕 *Luke*。打赌我能赢他。"

德伟离开桌边几步，做了几下打拳击的动作。他平常喜欢打拳击，美国拳王穆罕默德·阿里是他的偶像。有人说德伟经常在街上打群架。

"死鱼眼在卖饭窗口。"德伟说。

"死鱼眼"是个很胖的中年女人。站在窗子后面，老是很厌倦的样子。她非常不友好，尤其对我们女生。她把一勺玉米粥随便地倒在我碗里，差点溢出来，塞给我一块干巴巴的萝卜咸菜。

“我要油条。”我说。

“没了。”她说，白眼珠一直翻到天花板。

我把饭票甩给她，回到了饭桌。

“来。”德伟掰了一块油条递给我。

“谢谢，不要。”我觉得我跟他的关系还没有到随便吃他东西那一步。

“拿着吧。”德伟把那块儿油条硬塞到我手里。

我两口把油条吞下去，就着萝卜咸菜呼噜呼噜地喝玉米粥。我吃完最后一口时，吃早饭的学生们蜂拥而至。

“教室见。”我跟德伟说。

“再见，林妹妹。”他经常用小说里的人名和电影明星的名字来称呼我。几天前我还是“刘三姐”。

我一路匆忙跑过新建的三层图书馆，来到第三教学楼，爬到第五层。Luke 的办公室是最里面靠窗的。我深吸一口气，舔了舔嘴唇，敲了三下门。心想，他千万别提在英语考试的时候我扮演简·爱的事儿。

“早晨好啊，月亮，进来吧。”他显然忘了或者叫不出我的大名。反正我不喜欢“嫦娥”，尤其带着他的口音更难听了。“月亮”就“月亮”吧。

本来我以为他要塞给我一大摞讲义，可是他指了指办公桌对面的椅子让我坐下。他自己在整理一些唱片。他的穿着依然很随便。咔叽裤，运动鞋，短袖上衣最上面的扣子没系。唯一下了功夫的是他的棕发，显然用梳子梳过了。他认真地整理唱片，好像忘记了我。既然他没当过老师，也可能是对第一节课感到紧张。也或者是他故意不说话，让我不自在。想到罗切斯特先生在他的书房里第一次“考问”简·爱的情景，我想 Luke 会不会像罗切斯特问简·爱一样问我他是否英俊。那我也会用简·爱的话回答："不。"我好笑地忘记了一个 19 世纪英国绅士和一个现代打篮球的美国人的差别。几天前还有人看到 *Luke* 在街上小摊吃肉饼，边吃边用手抹嘴上的油。

他终于找好了想要的唱片，放在一边，抬起头来。

"第一节课，激动吗？"他问，"我自己挺激动。"

"是，激动。"我嗓子发干。

"还有点紧张？"

"不，不紧张。"我赶快说，"课前有什么事情吗？有讲义让我发吗？"

"我只需要这些唱片和那个留声机。"

"我来搬留声机吧。"为了客气，我觉得应该选重一点的。我从椅子上站起来，去搬留声机。

Luke 挡住我的手说："等一下，我来搬吧，很重。"

他的胳膊不经意碰到了我的胳膊。我赶快把手缩回来，好像被炉子烫了一下似的，但马上我又后悔了。我的动作对于一个美国人来说是不是太戏剧化了。我印象中好像美国异性间对身体接触非常随便。我偷看了一下 *Luke*。他在笑，可能在笑话我孩子般的幼稚和小女孩的傻气。他一边哼歌儿，一边用暖瓶往咖啡杯里倒水。我觉得脸很热。

"那么我就拿这些唱片吧。"我说。

"当然可以，月亮小姐。"他说，脸上又是那种好像在嘲笑我的微笑。

我捧起那堆唱片来，没想主动去替他端咖啡杯，然后走向门口。

"你英语考试时表现很好啊。"他说。

他是在挖苦我吗？我转过身来说："我磕磕巴巴，也很……没有礼貌。"

他走到我旁边道："我觉得你挺有趣。"

他是说我傻里傻气？荒唐可笑？

"教室见。"我说。

"等会儿见。"他轻轻在我背上拍了一下，替我打开门。

去教室的路上，我一直在想他拍我背的事儿。但是不能想太多，美国人都是那样的。

"大家早晨好。"Luke 介绍自己，"我的名字叫 Luke，你们就这样叫我，不要叫我老师啊、先生啊之类的。"

我们只盯着他，没人说话。他说课堂里只有一条规则：不许讲中文，除了打喷嚏。我们都偷笑起来，显然 Luke 知道中国人遗传因素决定打喷嚏是"啊嚏"，这不是学了英文就能改的。

然后 Luke 用中文说："我是唯一一个可以讲中文的。"

我们互相看看，都挺吃惊。那句中文 Luke 说得很标准，一点都没打磕儿，尽管他的口音挺重。他拿起名单准备叫名字。还没开始叫，他好像注意到什么，皱了皱眉头。

"怎么女孩儿都坐在前面，男孩儿都坐在后面呢？"他问。

我们看着他还是不说话。然后德伟说："屠辅导员的安排，以防我们进行不合法的地下活动。"他中英文参半。

我们都笑了。德伟说得对，男女分坐是屠辅导员隔离异性的狡猾办法。凑巧我坐在女生最后一排，背后是第一排的男生。德伟就坐在我后面。我必须翻好衣领，注意没有大米粒儿粘在我的头发里。

"下次上课你们大家随便坐。"Luke 开始点名。之后，他说："把你们的书本都放回抽屉里。"然后他把一张唱片放到留声机里。留声机里出来的并不是英语练习，而是歌曲。是一支英文歌曲，我没听过。*Luke* 随着音乐的节拍点头，自我陶醉的样子，同时又在欣赏我们脸上呆呆的表情。唱片停下后，他转过身，开始在黑板上写字。他的字有点弯弯曲曲，像小孩子乱画。照习惯，我们大家开始把黑板上的字抄在笔记本上。

> 好似天堂，西弗吉尼亚。
> 蓝色山脉。珊能戴尔河。
> 那里，生命比枯树古老，
> 比青山年轻……

抄写着，我被这些句子的含义打动，即使有几个词不认识。西弗吉尼亚在什么地方？山怎么会是蓝的？我极力想象，在蓝色的山坳里探险大概是我一直向往的。在大峡谷的拥抱中，沐浴在蓝色的雾气里。在那里我当然要读《简·爱》，可能还有我所能拿到手的其他英文小说，也可能我自己也会写一本小说。在那里我再也不会听到微微的深夜抽泣声。

"这是一首美国著名的乡村歌曲。在大学时，我经常用吉他弹这首曲子。"*Luke* 说，"大家一起跟着唱，这是学语言最自然的方法。"

我们开始战战兢兢地学唱。相比 *Luke* 的大嗓门儿，我们的声音就像蚊子嗡嗡。这个曲调不容易把握，因为我们从小习惯唱的歌曲单调得像修鞋匠的锤子声。*Luke* 扫了我们一眼，视线落在我身上："阿梅，你是课代表，给大家做榜样唱一个。"

我从来没在观众面前用英文唱过歌儿，更别说旁边还站着一个外国人。我想出了一个借口："我的嗓音很沙哑。"我笨拙地把中文翻译成英文。

"我想听听沙哑是什么样的声音。"*Luke* 用中文说，"过分谦虚就是骄傲。"

我脸红了，红到脖子。其他同学也偷笑。

"我可以和她一起唱吗，*Luke*？"德伟主动举手。

Luke 犹豫了一下说："好吧。"

我的精神放松了一点。德伟和我一起随着唱片唱。他的声音很响亮，但是老走调。不过我感激他帮我解围。

"你们俩唱得非常好。"*Luke* 拍手说。

全班几乎用了半个小时才学会这支歌。下课后，大家围着 *Luke* 问关于西弗吉尼亚的问题，芬芳挤在前面，高举着手，想让 *Luke* 注意到她。她的脸和眼睛都在甜甜地笑着。

"你要我把留声机扛回你的办公室吗？"芬芳问。

还没等 *Luke* 回答，德伟插进来，装作骑士风度地瞟了芬芳一眼："你？穆罕默德说我来扛。"显然他又在解救芬芳了。

Luke 看了我一眼说："也许阿梅想帮忙。"

他的用意我猜不好，是不是在捉弄我？幸亏在我决定是否帮忙前，他被另一个老师叫走了。我于是让德伟独享扛留声机的荣耀。

同学们散开了，走廊里不时响起"好似天堂"的歌声。

晚上，灯和学英语的录音机都关上以后，女生们各自藏在自己的蚊帐里，开始谈论 *Luke*。

"你们看到他胳膊上的毛了吗？"有人说，"中国男人身上可没有那么多毛。"

"我觉得那样很添男子气。"另一个人说。

我同意，但没吱声。

"他的蓝眼睛太神奇了。"芬芳说，"在光线里能变色，像魔术。"

我也在想 Luke 蓝玻璃球一样的眼睛，我想知道他的眼睛在阳光下怎样变色。

周六下午我要回家过周末。路过学校大花园。花园中间有一座喷泉，周边都是石凳。黄色的菊花正在开放。这是校园里最美、最幽静的地方。我时常来这里，坐在石凳上遐想。几个示范班勤奋的学生正围着喷泉在背英语单词："Chinese cabbage（白菜）""White House（白宫）""robber（强盗）""carrot（胡萝卜）"。我继续走我的路，很快来到大门口。

"阿梅。"有人叫我。

我转身看到芬芳。她穿着一件鲜亮耀眼的橘红色上衣，纤细的肩上扛着一个很大的书包。她正和一个短头发的女孩儿说话。我向她们走过去："谢谢那天替我叠被子，芬芳。"

"不用谢，但你以后应该注意整洁。"

"我会的，保证。"

"你在课上唱的歌儿很好。"芬芳说，笑了笑，露出一排很精致的牙齿。

"真是太难为情了。"我说。

"没有啊，Luke 肯定很欣赏。"

我注意到旁边的短发女孩儿一直冷眼看着我，也许不喜欢我打扰她们。

"我要回家了。"我说，"不然我妈妈要着急了。"

我走了几步，芬芳在后面喊："要不要哪天一起去看电影？"

"好啊。"我回过头去答。

我回头向芬芳招手的时候,不小心撞在一个人身上。"对不起,我没看见你。"我连忙道歉。

不是别人,偏偏是 *Luke*。

"你没伤着我。"他说。他在和传达室的老头儿说话,两腿跨在自行车上。我沿大门口的斜坡往下走时,*Luke* 赶上我。

"阿梅,你到哪儿去呀?"

"回家。"

"家在哪里?"

"枫园街。"

"你周末老是回家吗?"

"是。"

他推着自行车和我一起走:"你在家里都干什么?我只是有点好奇,你没必要告诉我。"

"陪我妈妈,做家务,和我妈妈一起去商店,有时帮她做饭。没什么大事儿。"

"听上去像一个好女儿。"他对我笑了一下说,"我可以带你一程吗?我正好也往那个方向走。"

从来没有男人用自行车带过我。假如我坐在一个黄头发蓝眼睛的外国男人的自行车上,无疑会引路人指指点点,让汽车司机走神儿。何况,微微的警告在我耳边响起:不要坐美国人的自行车。

"不用了,我搭公交车。"我说。

"你确定吗?我可是骑自行车的好手啊。"

我摇摇头,脸上发热。

"好吧,随便你啰。"他脚一蹬,自行车就嗖地一下下坡了。

　　我看着他骑到马路对面，停在卖豆腐脑的摊位上。他把自行车靠在一棵树上，然后坐在了长木凳上。摊主递给他一个大碗。*Luke* 边吃豆腐脑边和旁边的人聊天儿。每当他和旁边一个老婆婆说什么，老婆婆就笑着用胳膊肘捣他一下。离他们几步远处，修鞋匠不时转过脸来看 *Luke*，锤子却一直没敲偏。

　　我藏在一个书摊的书架后面，直到 *Luke* 从木凳上站起来，重新骑上他的自行车。看着他混进马路上的自行车流中很熟练地穿梭而过，我想象自己坐在他的车后座上是什么感觉。但是微微的声音即刻来警告我。我又开始走我的路。

　　在车站等车很无聊，我来回在小范围里踱步。马路对面校园的墙边有好多卖小吃和纪念品的摊位。马路这边除了卖书和杂志的摊子，还有一个菜店，门口堆着烂白菜叶，有一个瓷器店，老是上锁，窗口上写着：今日盘点。我感到这个城市的街道非常凄凉，单调。我下意识地在自行车流中找 *Luke* 的影子，但是早已看不见了。公交车好久才来。我夹在一群急不可耐的乘客中挤上车。所有的座在刹那间都被占满了。我在车厢后面找了一个角落，一条腿缠在扶手杆子上才能站稳。我把《简·爱》从书包里拿出来。不认识的英文单词太多了，每页上我写的中文翻译几乎都超过了原文。我翻到简·爱第一次遇见罗切斯特先生那一页。

　　在一个冬天的下午，她去寄信的路上，罗切斯特在离她很近的地方从奔驰的马上摔下来。简·爱帮他重新上马，看着他骑远，却不知道他就是她做家庭教师的那家主人。她当时的心境是这样：

　　"这件偶然的事，发生了，又消失了，没有特殊的内容，没有浪漫的情调，却在我的平淡而单一的生活中烙上了印记。因为它是一件主动的事情。我对被动的生存太灰心了。那张陌生的脸，就像一幅新的图画，展现在我记忆的画廊里。"

在这一段英文里，我还要查"浪漫""单调""生存"和"画廊"这几个词。我咀嚼着这些词的意思，意识到我不但没有经历过浪漫，我的生存也是非常单一和被动的，以至于我不能说我的记忆是一个画廊。难道这就是 *Luke* 那张陌生的脸突然在我的画布上占据了一个显耀位置的原因吗？

汽车售票员，一个挺漂亮的女孩儿，懒懒地报站："枫园街到了。"我匆忙下车，关于 *Luke* 的思绪即刻被对微微的挂念代替。

第五章

　　下了公交车，我走五分钟就到了小巷口，又五分钟就到了院子里。三奶从她家的窗子里看我，"牛仔裤那么紧，屁股都看出来了，姑娘。"我假装没听见，走进家门。

　　微微在桌边择菜，一看到我就站起来，走到我跟前，上下打量我，好像在确定我是否囫囵，有没有少胳膊缺腿儿，"你怎么回来这么晚？"

　　"不比平常晚啊。"我说。

　　"学校里有什么事吗？"她审视着我的脸。

　　"没什么事。"

　　"那个美国人找没找你谈话？单独……"

　　"没有。怎么问这个？"

　　她放开我，撇下桌子上的菠菜，走到沙发前坐下来，开始缠毛线。我口渴得很，给自己倒了一杯水。不一会儿她抬起头来问："你喜欢他吗？"

　　我假装没懂她的意思，"他英文教得还不错。"

　　"你知道我什么意思。"

　　"哎呀，微微，我怎么会喜欢他呢？"

"美国人鬼心眼很多。"

"和我有什么关系呀？"

"反正你要离他远点儿。"

"你已经说过几次了。"

她低下头，好像不满意刚缠好的毛线球，又拆开重新缠。

有人敲门，我和微微彼此看了一眼。不会是四儿，因为他从来不敲门，肯定是来讨药方的。我过去开门，一个穿着灰色中山装干部模样的中年男人站在门外。

"我是来讨药方的。"他说，焦黄的脸上露出浅笑。

微微很讨厌这类人，但她还是强颜欢笑地招呼："进来坐吧。"

中年男人一下出溜进靠背椅，跷起二郎腿，来回摇晃。

"请问你需要什么？"微微问，声音控制得很平稳。

中年男人先盯着微微的脸，然后把视线转到她细长的脖颈上："我要个方子壮壮阳补补肾。"

其他男人说这些话，都显得很尴尬。那干部却很镇静，如同在说嗓子疼。

微微不屑与他主动谈话，更别说讲故事了。她走到药橱边，打开小抽屉，称出了几种草药。她的一举一动，中年男人都看在眼里。

"八元。"她说，把牛皮纸包递给干部。

"这么贵啊？"他显得有点惊讶，"不过也好，看你是个漂亮女人，这事对我又挺重要。"

他从上衣口袋掏出钱，数出几张。他把钱递给微微时，趁机去摸她的手！微微抽出手来，打了他的手一巴掌，"拿着你的药走吧！"

"你不给顾客倒杯茶吗？"中年男人怪笑着，摸摸自己的下巴。

我从微微的毛线篮子里拿起一个毛线球，冲着他扔过去，正中他的胳膊。他惊讶地看着我："年轻女孩儿这么没有礼貌！看我这个顾客还会再来吗！"他逃到门口，嘴里嘟囔着，差点在门槛上绊倒。

微微和我一起笑起来。她把那八元和别的钱一起放在衣柜里。

"那男人真下流。"我说。

"这正是你要小心的男人。"微微说着，示意我过去帮她择菠菜，"如果一个男人盯着看你，你应该知道他在想什么。"

"没人盯着看我。"我说，顺手挑出菠菜里的黄叶子和烂叶子。

"美国人呢？"微微问。

"他绝对不那样。"我说。

我想起考试那天第一次见 *Luke*，他盯着我看的情形。但是把这些告诉微微只会增加她的焦虑。何况 *Luke* 盯着我看的眼神和刚才那个男人的眼神是完全不一样的。*Luke* 的眼神里有好奇，有思索，好像还有别的意思，但我说不上来。

院子里传来四儿和三奶的声音。我走近窗子往外看。四儿正在拉一个地排车过大门。他们显然刚从市场上回来。三奶太胖，不能支撑自己的体重，出门儿就必须坐车。她坐在地排车的木板上，身上的肉往两边耷拉下来。她用一只手撑着自己，另一只手拿着一个布袋子，里面伸出一个鸡头。她把地排车压得吱吱作响。四儿身体使劲儿往前倾才能拉动。终于把车拉过了门槛，车咣当一下，发出很大的响声。

"真笨，你想把妈弄成脑震荡啊！"三奶用她又细又尖的嗓子训斥儿子。

四儿把车停在他们房子前面，开始卸车。一点儿一点儿地，他把三奶的身子挪到车边，直到她的脚能够着地。三奶的手紧抓着他的肩膀。他边拉边扛，好不容易把三奶弄上两个石头台阶，进了家门。那只鸡在袋子里绝望地挣扎着。

一会儿四儿又出来了，把三奶超大的藤椅搬到院子里。三奶拄着双拐，在四儿的搀扶下一点儿一点儿挪出来，好长时间她才终于坐进了藤椅。四儿随即拿来一把菜刀。

我把微微叫到窗口，问："你想出去看吗？"

"不去。"她说。

我抓了一把炒熟的西瓜子，到门口坐下。我以前见过杀鸡的，既可怕又刺激。三奶抓住母鸡的两只脚，把它从布袋子里拖出来。她把鸡头压在她的拇指下，然后把双翅往后一拧，握在手里。这样母鸡的脖子就无助地暴露在外了。"就这样拿着。"她把鸡塞给四儿，把菜刀也递给他说，"抹它的脖子，小子。"

"不，不！不行，不行！"四儿不接菜刀，反而往后连退几步。

我真可怜四儿。

"害怕什么？它又不会咬你。"三奶坚持把菜刀递给四儿。

四儿战战兢兢地一手拿鸡，一手拿菜刀，但犹豫着不知道怎么办。

"切它的喉咙啊，不是告诉你了吗？"三奶催促。

四儿把刀靠近鸡的脖子，鸡挣扎得更厉害了。

"它还在动，还在动。"四儿开始哭。

"你赶快切吧。"三奶不耐烦地说。

哭着的四儿用刀往鸡的脖子上胡乱抹了一下。鸡从喉咙里发出一种怪怪的叫声。四儿马上把手松开。那只鸡在院子里到处扑打，同时悲惨地叫着。

"去把它给我捉回来。"三奶冲着四儿喊。

四儿把母鸡抓回来。"真没用。"三奶说，"就知道吃。三碗米饭你还吃不饱。这母鸡油能把你填饱了。"

三奶把半死不活的母鸡抓在手里，毫不犹豫地拿刀在鸡脖子上划了一道。她又砍了两刀，鸡才平静下来。她将鸡头朝下拎着，让鸡血流进地上的一个碗里。然后她把鸡随手一抛。那鸡反射性地扑腾了几下就再也不动了。四儿把鸡捡回来，然后去端了一盆热水。三奶抓着鸡腿把鸡在热水里浸了一会儿，开始拔鸡毛，鸡毛很容易地一撮一撮地掉下来。

微微一直站在窗口看着。

该写毛笔字了。微微已经把桌子上菠菜留下的泥土擦干净了。我把一张旧报纸铺在桌上。微微把两个墨盒准备好，把其中一个放到我这边。

"杀鸡我肯定下不了手。"我拿起毛笔说，"绝对不会像他们那样。"

"我没看见。"微微嗓音有点沙哑。

"三奶真不该那样逼四儿，把他吓坏了。"

"别再唠叨了，不是告诉你我没看见吗！"

不知微微此刻为什么那么容易被激怒。我不说话了，专心练字。微微写得很快，她显得急促，慌张。不一会儿，她开始打嗝儿，越打越厉害，以至于身子也跟着晃动。她站起来走向厨房。

四儿推门进来，手里捧着一个碗。

"四儿，我告诉你多少次了，要先敲门。"我说。

他没回话，只是左看右看："微微阿姨在哪里？微微阿姨。"

"她在厨房。碗里是什么？"

他还是不理我。"微微阿姨。"他叫着往厨房走去，我在后面跟着他。

微微捧着一碗中药坐在小圆桌旁，她的眉毛拧在一起。四儿走到她身边，把碗递给她。"妈让我给你的。"他说。

三奶有时让四儿给我们送点小零食表示友好，不管是真心还是假意。

微微往碗里看了一眼，吓了一跳："拿走，拿走，别靠近我。"

我探头一看，碗里是凝固了的鸡血。三奶有时给四儿用鸡血做汤，说是治他的脾虚。

四儿呆呆地看着微微，太阳穴上的青筋鼓起："鸡血好，妈说的，妈说的。"

微微站起来，拉着四儿的手，把他拽到碗柜边。

"把抽屉拉出来。"微微指着抽屉对四儿说。四儿照办。抽屉里面是零星的厨房用具。"拿一把刀。"她对四儿说。

我不明白微微的用意，有点紧张。四儿也有点儿害怕："不，不，微微阿姨。不，微微阿姨。"

"随便拿一把。"微微说，声音大了一点儿。四儿把离他最近的一把刀拿起来递给微微。

"好孩子，这才是抹脖子的刀。"她把自己的领子敞开，拿刀的手挨近脖子。"看着，应该这样。"她对四儿说。她拿着刀，几乎碰上皮肤，从左边到右边画了一条线。"看到了吗？就在下巴下面。太低就会切到气管儿。"

她要四儿把刀放回抽屉："下次再杀鸡，刀切得高一点，鸡就不会受罪了。"说完她转身离开厨房，忘了桌上的那碗中药。

四儿开始哭，嘴咧得那么大，声音那么响，我害怕会激怒微微，何况三奶也可能听到。我拉着他的手，把他领到我的房间。"看着我，四儿。"我捧起他的脸说，"如果你把刚才的事告诉你妈，我就扔了雪球。"

"不告诉，不告诉。"四儿边说边用袖子擦他的鼻涕和眼泪。我让他躺在床上，我躺在他身边，拍他的背。他只安静了一会儿，又开始骚动："从桑树上跳下来会摔死吗？会摔死吗？"

"不知道。别胡说八道。"我拍了一下他的头命令道，"闭上眼睛。"

四儿刚安静下来，我就听到微微房间里的声音，她又打嗝儿了，越来越响。

我赶快来到微微的房间，她坐在床边，嘴张得很大，喘着气，脸色发紫。我不停地摇她的肩膀："使劲儿喊，微微，使劲儿，不怕别人听到。"

微微抓过一个枕头，把脸埋在里面，她想喊，但是喊不出来。我用拳头砸她的背，有几秒钟她没喘气，然后突然嗷的一声哭出来。隔着枕头哭声又闷又重。我跑到厨房把她的中药热好端来给她。她几口喝下去，咳嗽了一会儿，逐渐平静下来，我帮她躺下。

"我怎么了？阿梅，我怎么了？"她喃喃地说。

"没怎么，你需要休息。"我说。

微微睡了一下午，直到我把她叫醒吃晚饭。我简单炒了两个菜，蒸了有一半儿糯米的白饭。微微吃得很少，呆呆地盯着碗里的饭。我去沏了一壶乌龙茶，倒了一杯放在她面前，她拿起茶杯，只看不喝。"那天就像今天这样，太阳那么好。"她自言自语地说。

"那天发生了什么事？"我问。可能她终于要告诉我那些事情了。

"我找到了你姥姥。"

她以前说过，我姥爷被抓去劳改后，姥姥就失踪了。

"那天，你姥姥走了几个月以后，我在家里发现了她。"微微说，"她在自己的书房里，显得挺舒服地坐在椅子里，手里捧着她最心爱的小说儿《湖边的秋天》。她的头稍微向一边侧着，靠在蓝色的椅背上，好像读书的时候睡着了。她的上衣也是蓝色的，胸前的血迹，就像一朵一朵红花。她脖子上的伤口在下巴底下形成一条完美的曲线，像微笑的嘴唇。我从地上捡起刀，坐在妈妈身边。她肯定也要我像她那样去做的，但是我很害怕，也不知道怎样用刀。我没有割对，疼痛使我撕心裂肺地哭叫起来……"

"噢，微微，我真是不敢想象。"我边说边盯着她脖子上那道伤疤，"那么姥姥死后就剩下你一个人了？"

"但是他们不放过我。"

她手里的茶已经凉了，我又给她倒了一杯。她喝了一口，含在嘴里，好像难以下咽。在此之前，微微一直避免提过去的事情，为什么现在要告诉我？而且有那么多的细节？如果没有特别的原因，她怎么会主动触摸那些伤心的记忆呢？

我没有能力剖析微微内心的忧虑和苦楚，尤其是最近，表面上它们好像没有瓜葛，但直觉告诉我，其实它们是互相牵连的。

我给自己倒了一杯茶。凉的，很苦。

第六章

我总能见到 Luke，不管见面有多么尴尬。其实在校园到处都能看到他的影子，草场、大花园、邮递室……中午也会在餐厅外面看到他，手里端着饭菜。远远地，我会向他招手。近了，他总要看我的饭盒里有什么东西，可惜我的饭都是学生食堂里最差的。

示范班女孩儿只有两个能享受餐厅的好饭，一个是"牛姐"——由她的力气得来的外号。她会毫不难为情地和那些男孩子们挤在窗口前打饭。另一个是芬芳，不知她用了什么办法让一个年轻的厨房工人每天把好饭留给她。因为弱小，加上可怜的自尊，我只能等到最后。那时剩下的大多是酸酸的汤菜。每次 Luke 看我的饭盒，里面总是用廉价酱油煮得烂烂的萝卜或白菜。

今天我又遇到他，他问："还是吃萝卜吗？"好像在问你怎么不喜欢吃别的菜。

Luke 的话使我想起了晋惠帝的一件逸事：有一次一个大臣向他汇报，因为没有足够的粮食吃，百姓遭受了饥荒。晋惠帝反问，那为什么不吃肉呢？

Luke 穿着运动衣和短裤，校园里没有其他人穿短裤，也许他是刚打完篮球就来吃午饭了。他拎着两个大碗，里面肯定装着教工餐厅的好饭。因为我闻到了红烧肉的味儿。

"我喜欢吃炖白菜。"我说。

我转身要走的时候，和一个人撞在一起，我的饭盒儿掉在地上，连菜带汤洒了我一身。

"坏了，最喜欢吃的菜丢了。"Luke 说。

"牛奶洒了，哭也没用。"我背了一句早晨刚学的英语成语。

"是啊，"Luke 笑了笑，"跟我来。"

我不知道他的意图，只得捧着我的空饭盒跟他走。

Luke 把我领进教工餐厅，这里比学生餐厅小一些，但是井井有条，很干净，墙上还有字画装饰。和学生餐厅最大的区别是桌子周围有椅子，教工们不必站着吃饭。

走到一个窗口前，里面姓赵的老头儿招呼 Luke："老弟，还要？没吃饱啊？"

"不是我。"Luke 用中文说，指一指我，"是阿梅。你看看她是不是应该多吃点儿？给她点猪肉。"

老赵笑着看了看我，点点头，舀了两大勺红烧肉和茄子，满满地堆在我的饭盒里。"谢谢赵师傅。"我说，很惊讶 Luke 还会利用中国的人际关系。

"谢谢你，Luke。"我俩走出餐厅的时候我说。

"你第一次叫我 Luke，我很高兴。"他说。

我还真没意识到。

"家里的饭比学校好吃多了吧？"他问。

"我喜欢吃我妈妈做的饭。"

"你自己会做吗？"

"我只会炒一个菜。"

"什么菜？"

"不是菜谱里的，是我自己瞎编的丝瓜炒红辣椒。"

"我喜欢吃丝瓜，也许哪天你请我去尝一尝你的丝瓜炒红辣椒。"他歪着头看着我笑了笑。

"也许。"我说，但心里却在想，永远不会的。

快分手的时候了，Luke 慢下来，"有时间到我办公室来聊聊。"

他的眼睛看着我，注视着我，在跟我说话，含义远远超过邀请我到他办公室里聊天。

晚上，Luke 把我们招集到他的办公室练习英语口语。我的英文尽管在写和读上进步很快，但说仍然有困难，我不能总是背诵《简·爱》吧。

尽管我一路磨磨蹭蹭，还是第一个到了。

"进来。"Luke 说着把正在读的一本书放在桌上。他在喝一罐可口可乐。

"对不起，我太早了，我的手表总是不准。"我找一个角落坐下，这样不必直接面对他。

"没关系啊，我很高兴我们有一点单独相处的时间，我是说，在其他人没来之前你可以和我练习说英文。"

Luke 一仰头喝完他的饮料，看着我，等我先说话。我不知道说什么，有点儿不自在。记得简·爱第一次被罗切斯特先生召见的时候也很尴尬，把自己藏在了一个黑影里。当罗切斯特让她弹钢琴时，她才得到解脱，可惜只弹了一会儿，他就挖苦说她根本不会弹。Luke 的办公室里没有钢琴，我也不会弹。假如有写书法的材料，我倒可以展示一下。Luke 肯定不会说我不会写毛笔字吧。

"你喜欢上我的课吗？" *Luke* 问。

"当然喜欢，"我说，"很喜欢。"

"那你对我的教学方法习惯了？"

"是。跟你学很好，因为你的母语是英语。"

"那好。你很有语言天赋。"

他说的是实话吗？

"你的发音很漂亮，很准确。"他说，"我喜欢你的声音。"

"不过，"他又说，"你想真正学好一门语言，就要进入那个语言的环境。你想没想过去美国？"他这是第二次问我这个问题。

"我很向往美国，但是，我想象不到自己会去那里。"

"为什么呢？"

"因为那里的生活和这里太不一样了，人也完全不同。"

"我在你眼里也那么不一样吗？"

我赶快想了想道："你有的时候不一样，有的时候又没有什么不同。"

"非常稳当安全的回答。但是你需要解释一下。"他在座位里移动了一下，加上一句，"如果你愿意的话。"

这时有人敲门。"以后接着说。" *Luke* 站起来去开门。

是芬芳和其他几个学生。他们各自选了座位。芬芳坐在 *Luke* 对面。

"开始说吧，" *Luke* 说，"想到哪儿说到哪儿，随便聊。"他用眼睛扫了我们一圈儿。

安静了片刻，芬芳说："可口可乐是你最喜欢的饮料吗？"

她在人前从来不打怵，也不害羞，反倒扬扬得意于别人的注视。今晚她穿了一个短袖花上衣，紧紧地贴在身上。

"我也喜欢咖啡和茶，早晨喝咖啡，晚上喝茶。"*Luke* 反问，"你呢？"

"我也喜欢喝咖啡。"芬芳用手捧着自己的脸，冲着 *Luke* 微笑，"我在井街买的雀巢速溶咖啡，非常贵啊，12 元才一小盒儿。"

井街是一条"黑街"，商店卖的是西方产品：磁带、香烟、衣服，还有封面有半裸体女人的杂志。这些商店晚上才开。去那里的男人是穿着廉价西装的生意人，到那里的女人都穿得很时髦。我猜 *Luke* 可能就是在井街买的可口可乐吧，因为一般商店没有卖的。

"我想买一条牛仔裤，但井街上找不到正宗的，都是假的。"芬芳说。

李亚，一个很瘦的女孩儿，是学校重点培养对象，说："牛仔裤穿在身上太紧了。那是西方的坏影响。"

"你对牛仔裤的看法挺有趣，李亚。"*Luke* 说，"但我保证过不了很久你自己就会穿。"

李亚张口结舌。我们中间有些人对她很不以为然，但是没有人和她争论，怕她去报告屠辅导员。我们又安静了。

"你们说话呀！"*Luke* 说，眼睛又扫了我们一遍，"继续说。我在欣赏你们。"

我把头转到一边去，假装对墙上一只蜘蛛感兴趣。

"该你了，嫦娥，你肯定有有趣的事情跟我们说。"*Luke* 说。他用了我的大名，我倒希望他叫我"月亮"。

"你要我说什么？"我傻傻地问。

"我不在乎你说什么，脑子里现在想的是什么？"

我脑子里乱哄哄的，原因之一是昨晚读《简·爱》读得太晚了。当简·爱拒绝只是为了愉悦罗切斯特而说话时，他说："爱小姐，你真蠢。"我不能让 Luke 说我蠢。

"上周末我看我妈解剖了一个肾。"我说完立刻后悔我的话题太荒唐，但是又不能停下，"我妈妈把猪肾切成两半儿泡在水里，器官里面的结构既精致又艺术。"

"你妈妈用肾做什么呢？"Luke 问。

"做中药，"我说，"她是一个中药师。"

其实微微也用它炒菜，加上大葱非常好吃，但我不想在 Luke 面前承认我们吃动物的内脏。

"我倒对中医挺感兴趣。"他说，"想去拜访你妈妈。"

那是永远不会发生的，我心里说。

随着我讲了猪肾的故事，大家开始活跃了，也不拘束了，争先恐后讲自己曾经吃过的怪东西。有的说吃过猪的眼睛，有的说吃过炸蚂蚱。

"我吃过炸蝎子。"德伟说，"中国男人什么都敢吃。"

"蚕蛹也很好吃。"牛姐说。

"我们说这些让你恶心了吗，Luke？"德伟问。我知道他在向 Luke 挑战。

"我？一点都不。"Luke 说，"我自己也吃过很多奇怪的东西。我爷爷奶奶有一个农场，小时候我经常到那里去吃各种各样的食物。兔子、鹿、野猪，各种各样的昆虫。我爷爷说你万一被困在山林里，吃昆虫可以帮你生存下来。有的植物是有毒的，但是所有的动物都可以吃。我小时候为了显摆，吃了一个夜爬虫，就是用来做鱼饵的一种软体虫。"

没人能想起比那更怪、更让人恶心的，包括德伟。我们互相看看，又不说话了。

"鸦雀无声。"*Luke* 说了一个成语。

我们很佩服 *Luke* 成语用得准确，比屠辅导员准确多了。但是德伟不服气，老是想找碴。"你为什么到中国来？"他问 *Luke*。

尽管我们都想知道那个问题的答案，但是德伟的口气好像是在指控。

Luke 却不假思索地说："我喜欢旅行，去接触不同的文化和不同的人。我一直对中国很感兴趣。"

我们羡慕地看着他。在我们的年龄，没有多少人有旅行经验，更别说到国外了。

"我们国家什么让你感兴趣呢？"德伟继续质问。

Luke 这次没有回答德伟，而是转向我们："这是你们说话的时候，不是我。"

没人说话时，*Luke* 又指向我："嫦娥你领头。"

我迎接了他的目光但没说话，意思是他应该叫别人了。他的眼光却拒绝离开我。

"你同意我可以主观一点，甚至苛刻，因为我年龄比你大，见过各种人，走过大半个地球，而你只是平平稳稳和固定的几个人住在一所房子里？"

这是罗切斯特说的话，但简·爱并不示弱。"我不认为，先生，因为你年龄比我大，或者你比我看到更多的世界，就有权利给我下命令。你的优越应取决于你怎样利用了你的时间和精力。"

Luke 比我大五岁，我真想知道他是怎样利用了他的时间和

精力。我准备问他一个问题，也是想转移一下目标。

"你出外旅行是一个人还是有同伴？"我问。这句话先在脑子里转了三圈，所以说出来没有出错。我问的时候脑海里出现了他和女朋友一起旅行的画面。

"单独旅行是最好的。"*Luke* 说，"你选择去哪儿，在哪儿睡觉，吃什么，不用管别人。我爬了很多山。我精力很旺盛，大部分人跟不上我。"

我们羡慕地看着 *Luke*。我想象他在山中、田野里捕捉兔子的情景，有动物般的灵巧和敏锐。今晚，只有他一人没穿外套。

"我说得太多了，我想听你们讲故事，讲你们的经历和历险记。"*Luke* 看了一下墙上的钟然后站起来说，"不过只好等下次了。今天是一个很好的开始。多练习，直到你在梦里也说英语。"

我和大家一起往外走，但在门口我停下了。

"你不跟我们一起走吗？"德伟问，也停下来。

"我对今天的课有个问题要问。"我说，惊讶自己竟然会急中生智。

德伟脸上升起一团疑云，但还是走了。我鼓足勇气，转过身来对着 *Luke* 指了指他桌子上的书，问："你读的是什么书啊？"

"《基督山伯爵》，一本很精彩的小说，我小时候就读过。"

我从来没听说过这本书。"大概讲的什么？"

"讲的是——你还是自己发现比较好。你想读吗？"

"很想读，可是你还没读完啊。"

"你读完我再接着读好了。"他把书合起来，示意我过去，"过来坐一会儿，刚才我们还没有谈完。"他指了指对面的椅子。

我走过去，他把小说递给我。封面像一幅油画，背景是一幢类似城堡的建筑物，一个男人踉跄地走向波涛汹涌的大海；另一侧是一个女人的剪影，穿着长长的红色衣裙，红颜色和整个画面的灰色调形成鲜明对比。这肯定是一个爱情故事，我想，比《简·爱》更艰险的故事。

"给你四个星期……三个星期吧，读完这本书。"Luke 说。然后他从窗前书架上抽出了另一本书："这是《国家地理》杂志，我想你会感兴趣的，尤其那几页西弗吉尼亚的照片，可让你联想到我教你们的那首歌。"

我翻看着那几页有山有水，还有城市建筑的图片，它们的颜色都很鲜艳明朗，同时我也喜欢西弗吉尼亚这个名字的发音。

"西弗吉尼亚是不是很美丽？"他问。

"非常美丽。"我说。

"真是让人很想在那里生活。"

"我想也是。"

"也许有一天你会的。"Luke 说，他看我的样子有点奇怪，"杂志你留着，你还书的时候我再给你看另一本，我家里有好多书呢。"

"你这里的家吗？"

"是啊，就在校园东边，一幢两层楼的房子。我住在二层，张医生家住在楼下。"

我见过那座灰砖的二层房子，外表很独特，优雅，听说是几十年前一个德国传教士建的。我真没想到 Luke 就住在那里。

"我还有 Moby Dick（《白鲸》），Les Miserables（《悲惨世界》），等等，"Luke 说，"小时候我经常在图书馆看书，我母亲是管理员。"

我盼望读手里捧的这本小说，和他书架上所有的小说。以前我真的没想过 *Luke* 会喜欢读小说。

"你呢，你什么时候开始读书的？"他问。

"很小的时候，我开始读的是画儿书。"我说，有点难为情，"后来读了所有能拿到手的小说。连我妈妈的中药书也读了。"

"你说过你父亲不在了，他什么时候去世的？如果你不介意这个问题。"

"我很小的时候他就不在了。"

"你对他有记忆吗？"

"没有，那时我只有两岁。"

"我替你难过。"

"我妈和我挺好的。并不觉得缺少什么。"我不想让他可怜我，忙转问他，"你的父亲呢？我是说他做什么？"

"我父亲有一个律师事务所。"他说，"他要我去学法律，将来跟他一起工作，但是我一点兴趣都没有。"

原来他是富家子弟呀。我这样想着，又问："你不顺从他，他不会生气吗？"

"至少他心里不痛快，但是我很固执。你没注意到吗？"他挤了挤眼睛。

我当然注意到了，但我没说。

"那你喜欢教学？"我问，心想，现在可能是发现他为什么来这儿的机会，"或者教学只是一个暂时的工作？"

"我自己也不太清楚，也许吧。"他第一次说话这么没有底气。

我继续追问："你为什么到这儿来呢？为什么不去北京或上海那样的大城市？"

"我不喜欢大城市。"他回避我的眼睛，显然也在回避我的问题。然后他站起来走到窗口："今晚的天空真晴朗。"他又在换话题，显得好像有点不自在，又有点心不在焉。

我放弃了追问到底的想法，"我该走了，不然宿舍要上锁了。"

Luke 站起来说："我来送你吧，挺晚了。"

我知道应该说"不"，却点了点头。

在夜色笼罩下，校园本身就像一个大花园。红砖小路上，两边都有修剪得整齐的冬青。四周流动的花香使我联想到西方女人洒在头发里或抹在耳垂上的香水。

"慢点走，这么美的夜晚。"Luke 说，轻轻地碰了一下我的胳膊。

Luke 好像不想说话，在欣赏美丽的夜景，呼吸清香的空气。我观察着他的每个举动，他歪着头看天上的星星时很专注，用手驱散围绕着我们的一群小虫时很认真。

忽然花丛里跳出来一只小动物，从我们身边跑过，差点把我绊倒。我不由自主地倒向 Luke，他用双臂把我接住。

"肯定是一只猫，没什么可怕的。"他仍然抱着我。

醒过神来，我马上从他的怀抱里挣脱。他看着我笑了笑问："你也怕人吗？"

我不完全明白他说的"怕"是什么意思，尽管能就眼前的情况猜到一点。我没回答，直到我们走到女生宿舍的大门口，我心里想，趁没人看见我们，我必须马上离开。

"谢谢。"我说。

"刚才和你一起散步很开心。"*Luke* 说，声音很轻柔。

月光下，他的脸很清晰，全部暴露在我眼前。我意识到芬芳说得对，他的蓝眼睛确实在不停地、魔术般地变颜色，一会儿是蓝色，一会儿又是绿色，非常深邃、警觉，使我想到在杂志上见过的一只森林鹰的眼睛。那双眼睛在对我微笑，非常温柔地微笑。

"阿梅，"*Luke* 说，与其说是在对我说，不如说是在自言自语，"我很高兴认识了你，只是……"

后面一句话没说完他就停住了。"明天见，好吗？"他说。

我不知道自己是怎样离开 *Luke* 的。我是说了"晚安"还是"再见"？我跑向宿舍时，不知他是不是一直在看着我。

宿舍里女孩子们穿着睡衣或内衣到洗漱间洗漱。几个大胆的打开窗子唱歌儿，是给对面宿舍的男生听的。几个光脊梁的男生也打开窗子唱，好像在对歌。

我心不在焉，撞到一个人身上，碰掉了她的刷牙杯。

"阿梅，你走路不看哪！"芬芳从水泥地上捡起她的杯子。

"对不起，芬芳，我没留心。"

"你怎么回来这么晚？去图书馆了？"

"是。我需要查一个东西。"

芬芳凑近仔细看了看我，说："六神无主的样子，你没事吧？"

"没事，一切都好，真的。"

"那就好。"她说，我看得出她不太相信我。

"你自己走回来的吗？"她又问。

"是。"

"如果下次你再回来这么晚，告诉我，我和你一起走。晚上一个人不太安全哪。"

"好的，一定。"我说。

芬芳是不是看见我和 *Luke* 了？如果看见了，她会怎么想？

我躺在床上很清醒，其他人睡着了，我还没有睡意。*Luke* 那句没说完的话是想说什么？为什么只说了一半？我一遍又一遍地回想倒在他怀抱里的情景。我越发不安，整个人都很烦躁。

第七章

刚吃完午饭微微就躺下了。她有"佛涩意"，这是上海话，意思是内脏器官相互纠葛不休导致的不舒服。这三个字是我小时候和育婴歌一起学来的。在客厅里，我可以听到她在自己的房间里嘀咕，唱歌儿，哼哼，直到这些声音慢慢地变成了抽泣。

刚才她还质问我："他跟你说了什么？""他"当然指的是 *Luke*。微微从来不提他的名字。

"他是不是老想和你单独在一起？"

"和其他同学相比，他是不是更喜欢你？"

"他对你甜言蜜语了什么？"

"他碰你了吗？"

"他企图碰你了吗？"

我的否认丝毫没有使她放心，她对这件事的焦虑越来越重。

我坐下来，对着墙壁发呆。过了一会儿，我拿来英文笔记本儿，开始写字：*sad*。微微受过那么多苦难，能不伤心吗？伤心，伤心，伤心，我不停地写，直到把一张纸写满。

微微没动静了，我踮着脚尖去她房间。她睡着了，在轻轻地打鼾。在轻柔的光线里，她细嫩的皮肤几乎透明。我可以看到她眼睑上微蓝的静脉。她说过她小时候像男孩子，喜欢爬树，在水沟里玩，从来不计较外表。俗话说，女大十八变。对微微来说，她的十八变，不仅仅是年龄的结果。

心情烦躁时写字可以使我平静下来。我想继续写，可是老写错，我索性放下笔记本，走出房门，向四儿的木屋走去。

四儿正在给兔子拌食儿，在一块木板上切白菜叶子——都是我从菜店的垃圾桶里捡来的。

"阿梅。"四儿高兴得咧开嘴，"帮我，帮我。"

我把切好的白菜捧起来撒进一个大碗里，和麸子一起用手搅拌。麸子还带着麦香。

"你在学校里吃白面馒头吗？吃白面馒头吗？"四儿边切菜边问。

"有时候是白面馒头，有时候也吃高粱面窝头。"

"妈让我吃窝头，我不喜欢，不喜欢。"

我一点都不吃惊，三奶让儿子吃高粱面，白面馒头留给她自己吃。

"学校的馒头有沙吗？有沙吗？"

"馒头里哪有沙，只有大米里有沙，我早就告诉你了。"

"从桑树上跳下来能摔死吗？"

"我也不知道，也许吧。你为什么老问这个问题啊？"

"我也不知道。也许吧，也许吧。"

他安静了一会儿又问："你爸爸从沙漠回来了吗？回来了吗？"

"不知道，别问我。"

兔子食儿拌好了，四儿把盛得满满的碗放在地上。他捉住雪球，把它放在碗旁边。雪球比其他灰兔子都瘦。

"你多大了，四儿？"

"十八，我十八。"他用手捏起一些兔子食儿塞进雪球的嘴里，"你也是十八。"

"你十九，我十八。"我说。

五天前我在家过了十八岁的生日。"过"就是吃了长寿面。在一张圆桌上，微微用擀面杖把和好的面擀成桌子一样大的面片。然后她把面片叠成好多层，一刀刀切下去，切成细条，然后她用手抓起最上面那一层，抖开成了很长很长的面条。

"我是不是也变了十八变？"我自说自话，"我到底变了吗？我美吗？为什么微微从来不说我美？你觉得我美吗，四儿？"

"你美，你美。"四儿用一片干白菜叶挑逗雪球的耳朵。"你美，美。"说着，他扔掉白菜叶，用他的脏手来碰我的脸。我把他的手甩开。

"有时候我真希望和你一样傻。"我从裤子口袋里拿出一个苹果，咬了两口，把剩下的给四儿，"你觉得 Luke 喜欢我吗？你把苹果核儿吃了就是喜欢，你不吃就不喜欢。"

四儿吃了苹果核儿。他总是吃苹果核儿的。

我一遍一遍地回想我和 Luke 在一起时的每一件小事、每一句对话，他说了什么，他没说什么，他脸上的表情，他的动作……我更是一遍一遍地回忆那天晚上他送我回宿舍时含有深意的目光。

"阿梅是私生子，私生子。"四儿忽然说。

"你说什么？"我不相信自己的耳朵。

"阿梅私生子。私生子。"

我太吃惊了。四儿竟然用了这么一个词。他自己肯定说不出这三个字来的。他大概连这三个字的意思都不知道。我控制住想扇他耳光的念头，"谁告诉你的？"

"妈告诉……妈告诉。"

人们用"私生子"一词，有时是原意，有时是骂人。三奶不是一个善女人，也许气恼我对她不尊重，所以不怀好意地在四儿面前骂我。不过万一她是另一个意思呢？的确是说我是私生子呢？那么照片里面我以为是我爸爸的人就是微微的情人？或者……？或者……？可能性太多了。

"你爸爸死了，死了。"四儿嘟嘟囔囔地说。

"我爸爸没死，他还活着。你听见没有？"我大声冲他喊。

"活着，活着。"

"活"左边是三点水，右边是"舌"。如果微微张开嘴（舌）说我爸爸仍然活着，那就像打开了一个闸门，洪水会奔涌出来，直到我和微微两人一同被淹没。

那又怎么样？我只想知道实情。

微微仍然在睡觉。我一边等她醒来，一边喂竹匾里的蚕。几天前它们还是小米粒大的黑黑的蚕子，现在已经有一寸长了，很细，淡绿色。我魂不守舍地看着这些蚕慢慢地在桑叶上蠕动。

有人敲门，我急忙去开门。外面站着一个陌生男人，又高又瘦。"微微住在这里吗？"他问，音质浑厚，但音量很轻。

"是的。她在睡觉。"

"我能把这个留给她吗？"他指一指脚边的一个布袋，"桃子。微微要我拿来的。"

"多少钱？"

那人没马上回答，好像还没想过，他看了一下鼓鼓的布袋说："三元就足够了。"

三元恐怕连一半儿都买不到。我拿了钱，递给他："你叫什么名字？妈妈醒来我告诉她。"

"别人都叫我'甘蔗'。"他抓了一下耳朵，脸上的黑皮肤把他的牙齿衬托得很白。他是微微的什么人？我抬头望着他，审视他，琢磨他。

"请告诉微微，我五点在泉水街的茶馆里等她。"说完他转身就走了，一步跨下去两个台阶。

我把袋子拎进来。桃子白里透红，毛茸茸的。微微和我都喜欢吃白桃子，比黄桃甜。看着这些桃子，我在想那个叫"甘蔗"的人。他是个农民吗？他的确有农民那样晒得很黑的皮肤，但是他的言行举止和他的眼神却不像。

微微醒了，她很疲倦，眼睛有点浮肿。

也许现在不是好时机，我想，可是什么时候才是好时机呢？

"微微，四儿叫了我一个很难听的词儿。"

"什么？"微微揉眼睛。

"他说我是私生子。"

"他是那样说的？"微微一下把眼睛睁大。

"我是私生子吗？"

"当然不是！"微微抬起手来，漫无目的地整了整头发，"那傻孩子，哪里知道他在说什么，肯定是从街上学来的。"

"你是在说真话吗？"我问。

"当然。别再用四儿的胡说八道来烦我了。"

微微缩在沙发的角落里，心不在焉地盯着自己的指甲看，不时地叹气。看到她这个样子，我很后悔刚才问了她那个问题。我怎么能信四儿的话呢？

"你睡觉的时候有一个人来过。"我说。

"什么人？"她懒懒地问。

"他说他叫甘蔗，送来一袋子桃子。"

微微马上坐起来，"你为什么没把我叫醒？他说什么了？快告诉我。"她提高了音调。

"他让你五点在泉水街的茶馆里等他。"我问，"他是谁？"

"他自己不是说了吗，甘蔗。"微微轻描淡写地说，拿起她的编织篮子。最近她开始为一个商店编织东西来挣一点零花钱。

"你怎么认识他的？"我问。

"我在市场上买他的水果。"

"他是农民吗？"

"他有一个果园。"

"他人好吗？"

"对我挺好。"

"他是好脾气吗？"

"从来不发火。"

"他结婚了吗？"

"结过。"

微微把编织篮放下："以后再审问我，现在我要去洗脸，打扮打扮。"

我放她走，我早晚会知道的，我有个感觉，这个叫甘蔗的人还会再来，来好多次。

离去茶馆还有一个小时，微微就开始忙活了。她先打开衣柜试衣服。拉出来的第一件是水蓝色的紧袖口上衣，她把它抛在一边。然后试穿另一件，又一件……这些衣服全是她年轻时买的，现在仍然合身。最后，她选了一件紫罗兰色的无袖上衣和一条到脚腕的黑色长裙。然后她开始整理头发，用细齿的竹梳子梳到头发发亮，偏分，黑黑的头发从她的面颊两侧垂下来到肩膀，发梢略微往上翘。

"晚饭别等我。"她说，在房间里转了一圈儿，转到门口，就像一阵清风，空气里留下她的雪花膏的香味儿。

我还从来没见微微为了去见一个男人激动过，这个叫"甘蔗"的人大概挺特殊。越是这样，我越要提醒微微警惕他。

我把微微丢在椅子上的衣服一件一件叠好放回衣柜里。想起她几小时前还在哭，我走到她的房间里，房间里唯一的变化是佛像被移到了窗前。

微微经常给佛像换位置。有时候在她的床边，有时候挨着金鱼缸。有一次我看到佛坐在她的梳妆台上。好像在她的空间里，她永远找不到一个合适的位置，一个佛会赐予她最大慈悲的位置。

窗下，金光闪闪的佛像坐在圆桌的中间，圆桌上铺着一块红色丝绸桌布，佛的周围是一圈儿陶瓷做的粉色莲花。佛身上的袍子在胸前大敞着，露出他那无忧无虑的，有好几层褶子的大肚子。他的耳朵很大，如荷叶般耷拉下来。在从窗子射进来的夕阳里，佛慷慨地微笑着。

念经会让微微镇静。我也想试一试看会不会清除我脑子里的千头万绪。我在佛面前坐下来，一只手拿起木鱼，另一只手拿着木槌，轻轻地敲打，同时嘴里嘟囔着。刚刚发出三个音节，我就停下了。我念的经听起来不诚恳，很虚假，甚至可笑。于是，我把嘴闭上，眼睛也闭上，只是敲打木鱼，尽量保持节奏。不时地，我的木槌会偏，敲在自己的手上。

传说一个和尚到印度取佛经被一条大河挡住。一条鱼说可以把他带过河，但是有一个条件：它前世是人，因为行恶被变成了鱼，它让和尚替它求佛把它变回人。和尚答应了，骑在鱼的背上过了河。十七年后和尚取到佛经，回来又路过那条大河，还是那条鱼来帮他。鱼问："你向佛替我求慈悲了吗？"和尚说忘了。鱼一发怒，把和尚甩下它的背。和尚被渔船救了，可是佛经却掉到了水里。和尚非常伤心和气愤。回家后，他制作了一个木鱼，念经的时候就打它。每敲打一下，木鱼的嘴里就会吐出一个字。用了十七年，木鱼吐出的字形成了佛经。从那开始，和尚念经就敲木鱼了。

我念经不成，只不停地敲打木鱼。不知不觉地我越敲越快，越敲越响，不但没有平静下来，反而更烦躁了。各种思绪和画面满满地拥挤在我的脑子里。一开始是四儿说我是私生子，他的嘴角沾着唾液的白沫。如果我真是私生子，意味着什么呢？然后是甘蔗的脸。有什么秘密藏在他黑黑的皮肤下面？然后是微微的长裙在屋子里旋转……

假如这个木鱼真的会吐字，把我这些问题的答案全都吐出来多好啊。告诉我甘蔗的意图，微微的往事，我爸爸的真相。

我最想知道的是微微对于 *Luke* 近乎偏执的焦虑的原因。

木鱼空洞的声音刺痛我的耳朵，在房间里回旋。我像被施了魔法一样停不下来。我不停地用力敲打木鱼头，直到我的手腕发酸，汗珠流到我的太阳穴。

第八章

今天，甘蔗来吃午饭。

自从我第一次见到他，他来看过微微三次了，但从来没有留下吃过饭。此刻微微正在忙着做饭，没有什么山珍海味，但花样不少。厨房的桌子上放着各式各样的碗，里面盛着蘑菇、大葱、肉馅等。

"看得出你很喜欢他呀，微微。"我团着萝卜丸子。

"我可怜他。"微微说着把萝卜丸子一个一个地放到油锅里，"他不会做饭。"微微的头发刚刚洗过，她的面颊泛红。

"可他妻子能给他做饭。你说过他结婚了。"

"他妻子早跟他离婚了，划清界限了。"

"那天在茶馆里是他付的账吗？"

"我付的。"微微说，"我还给我们俩买了蛋糕。"她用筷子轻轻搅了搅锅里的猪肉炖豆腐。猪肉豆腐的香味使我直流口水，已经好久没有闻到肉香了。其实只有几块猪肉，其余的全是豆腐。

我弄好凉拌白菜粉丝，之后微微又让我整理房间。我把两张床上的被子叠好，整齐地放在床头，把床单铺平，又用一个小笤帚扫了扫。微微把所有的桌面都擦了一遍，还在茶盘上盖了一朵我姥姥钩织的玫瑰花。

刚到中午甘蔗就来了。他穿着一件蓝衬衫，掉色了，但是很干净，好像还熨过。他的黑头发很短，鼻梁又高又挺，使他脸上的轮廓很鲜明。

在厨房里帮不上忙，甘蔗开始做木工活儿。他在为我们做椅子，因为他注意到我和微微坐着练毛笔字的椅子太矮。在客厅里，他两腿跨在一个长木板凳上用刨子刨一条椅子腿。

"你怎么学会做木匠活的？"我问。

"小时候我爷爷教我的。我帮他做过桌子、椅子、床，沙发也做过。"

我也想试一试他干的活儿，但又不好意思说。于是我收拾地上的木屑，塞到一个塑料袋里。木屑可以用来点炉子。

"听说你有一个美国老师？"甘蔗问，"他好不好？"他出汗了，脱掉了衬衫，汗水使他的脊梁放光。

一提到 *Luke* 我心里一揪。不知道甘蔗说的"好"是指什么？我想了想说："不错。好像有一点傲气，但是……"

我那句话没说完，微微插话进来说："把木工活儿放下，该吃饭了。"

甘蔗马上停下来。"我真饿了。为了这顿饭，早饭没吃。"他闭上一只眼审视刨好的椅子腿，"挺直。"他说，把椅子腿放下。

微微递给他一条热毛巾让他擦汗。他把衬衫穿上后，来到饭桌旁坐下。他吸烟很厉害，吃饭的时候也在吸。但是微微不责备他。他吸的是上海凤凰牌烟，有一种独特的奶油香味。他也很能吃，熟练地用筷子夹起长长的粉丝往嘴里送。一次，他和我的筷子同时去夹一个萝卜丸子，他夹起来后放到了我的碗里。

"你妈妈是个好厨师啊！"他说，也往微微碗里夹了一个萝卜丸子。

"常来就把你的胃惯坏了。"微微笑着说，也一直往甘蔗的碗里夹菜。

"你一直是个果农吗？"我问甘蔗。自从第一次见到他我就有这个疑问，不相信他是农民出身。

"本来我是干印刷的。后来被下放了。"

"那你为什么不像其他人那样回城市来呢？"

"在乡下，我爱上了种水果儿。在地里劳动，有一种说不出的平静和安全感。"他说，"何况，我已经失去了一切，回来也过不下去。"

我很想知道甘蔗的过去，但是现在不是问的时候。难得有这么丰盛的饭，我们每一口都细细地咀嚼和品味。

午饭吃了好久。吃好以后微微提议玩酒令。

"你肯定很会行酒令。"她对甘蔗说。

"玩儿的时候你就知道了。"他诙谐地一笑。

微微拿来一瓶高粱酒和两个陶瓷杯。

"阿梅不来吗？"甘蔗问。

"她不会喝。"微微说。

我白了微微一眼。她说的不是实话。这些年来她喝蛇酒的时候经常让我陪着一起喝。我知道现在她不让我参加，是因为她想和甘蔗单独喝酒行令。虽然不高兴，我也不争了。看别人行酒令也挺好玩儿的。

"三星高照。"

"八仙过海。"

"七七巧。"

"满堂红。"

没人赢。他们又开始，直到微微赢了。她高兴地给甘蔗倒满酒，他一仰脖儿干下去。下一轮，微微输了，甘蔗把她的酒杯倒满，送到她的嘴边，直到她喝干。微微的脸颊开始红了，红晕爬上了她眼睛周围。酒香掺杂着甘蔗的烟香弥漫了整个房间。他俩越来越兴奋，声音也越来越高。

微微惨败，连连喝酒。我赶快跑到厨房拿了一碗樱桃，据说樱桃能解酒。我把碗放在微微面前。她看到樱桃，眼睛一亮。"下次我再输，"她把甘蔗端给她的酒挪开说，"喂我一个樱桃。"她把头轻轻往后一仰。

甘蔗拿着樱桃的茎把樱桃送到微微的嘴边。她一口把樱桃咬下来。他们好像忘了我的存在。不管怎样，看到微微快乐我就高兴。

酒令玩完了，微微和甘蔗到起居室去喝茶。我收拾桌子，洗碗，然后沏了一壶浓浓的红茶端给他们。他俩坐在沙发里。微微说头疼，甘蔗用手指按压她的太阳穴，然后用两个拇指搓她的额头，搓出一道紫红色的血印。微微闭着眼睛，很陶醉的样子。

"阿梅，妈妈要你去市场买一些毛蛋。"微微说，眼睛仍然闭着，声音如梦一般。

我知道应该给他们一点空间，何况我也想出去透透空气，我拿好粮票，就骑自行车去了葵花街的市场。

农民没有粮票，吃饭指望自己地里的粮食。家里如果孩子多，粮食就不够吃。如果赶上收成不好就更难了。所以，为了购买食物，他们用自己的农副产品和城市人换粮票。

天空湛蓝无云，但是风大，骑自行车很困难。我的头发让风吹得很乱，不时吹进我的眼里。好多女人戴头巾来保护自己头发的尊严。

下午五六点了，只有零星的几个农民蹲在市场上，守着自己的大麻袋或三轮车。除我以外，只有一个顾客——一个女孩儿，头戴紫红色的纱巾，只露两个眼睛。从她的个子和姿势上，我一眼就认出那是芬芳。她在一个农民的三轮车上挑桃子。她看见我，向我招了招手。上星期我们一起去看了电影。

不一会儿我就找到了卖毛蛋的。毛蛋放在一个用棉布垫着的篮子里。我按照微微的方法，拿起一个蛋，对着太阳看里面有没有小鸡的胚胎。没有的就不是毛蛋。我又瞅一眼芬芳，她正往尼龙口袋里塞桃子。

"阿梅。"芬芳叫我，朝我走来。她的一举一动都很优雅，像一个芭蕾舞演员。她看了一下我手里的毛蛋问："你吃这个东西呀？"

"对月经有好处，你应该试一下。"

"我爸妈恐怕不会让我吃。"

"这个也不让啊？"

听说芬芳的家庭挺富裕，也有很多社会关系，我以为他爸妈肯定非常宠她惯她。

"他们和别人不太一样，"芬芳说，"尤其是我爸爸。"

"你爸爸怎么不一样呢？"

"以后再给你解释。"

"好吧，"我说，"下星期再去看一场电影好吗？"

她没有回答，好像没听见，往市场那边一家商店张望着，"那不是 Luke 吗？"她自言自语地说。

我也望过去，果然是 Luke，这里除了他没有人有棕色头发。

他推着自行车站在一家卖啤酒的商店门前。我想起几天前在校园里他用手臂抱我的情景。

"没想到他喝啤酒。"芬芳说,"我要走了,阿梅。"她突然转身朝 *Luke* 跑去,还向他招手。

Luke 刚要走,看到芬芳就停了下来。她好像在问他什么,他指一指后座上的箱子,大概是啤酒。芬芳走到他身边,在他的帮助下坐到车梁上。然后他一蹬脚就骑走了,把芬芳拥在他的怀里。我看着他们走远,直到芬芳在风里飘动的紫色纱巾看不见了才回过神来。我没有心思还价,把一把粮票塞给那农民,把毛蛋放在自行车前面的篮子里,骑回家去。

~~~

小巷里,一个卖豆腐的走在我前面,挑着扁担,没卖出的豆腐挂在两边。他不叫喊,而是用木槌敲打一个拴在扁担上的木茶杯。一天将尽,他敲木杯的声音听着很疲倦,苍白。一会儿他停下来,把扁担放下,坐在墙边休息。

我下了车走过去,卖豆腐的对我点了点头问:"去市场了?"

"嗯。"我把自行车靠在墙上,在他身边坐下。我拿起他的木杯,开始敲,"哪哪、哪哪哪",节奏敲错了,我把木杯放下说:"对不起,我忘了。"

卖豆腐的慢慢往他的烟袋锅里塞烟草。他吸了两口以后,把烟袋锅放下,拿起木杯,他敲得很有节奏,就像音乐一样。我观察他:虽然他饱经风霜的脸上的皱纹纵横交错,但他却是一个很简单的人,只想在天黑前,把所有的豆腐卖出去。

"别想太多，"他把木杯和木槌递给我，"顺其自然。"

我摇摇头，接过他的工具，又放下。大概他看出来我心情沮丧，掰了一块儿豆腐放在我的手里。我把豆腐送进嘴里，忍住不让眼泪流出来。好一会儿，我和卖豆腐的静静地坐在那里。他吸烟袋锅，我嚼豆腐。一个大个子女人拿着碗远远地走过来，卖豆腐的起身招呼顾客，我则起身骑上车回家了。

"顺其自然。"我咀嚼着卖豆腐的的话。

微微不在客厅里，甘蔗独自倚在沙发里读一本杂志。

"她在睡觉。"甘蔗说，用下巴指了指微微的卧室，"也可能有点喝多了。"

我把毛蛋拿到厨房，放进碗柜里。然后站在厨房的窗前，抬头看天，想象芬芳的纱巾在风里飘动，越来越大越来越高，直到它变得像一块紫黑的乌云。我闭上眼睛，想把这个影像从我眼前抹去。

"顺其自然。"是啊。事情会自己发生的，一直在发生。在我身上，在微微身上，在我们俩的身上。这些事情的背后，有无形的力量，比我们强大的力量，我们只不过是在被推搡着往前走。不得不往前走，不然就会有辆马车从我们身上碾过。

口渴了，我想起去市场前给微微和甘蔗沏的红茶，我去客厅给自己倒了一杯，又凉又苦。手里捧着茶杯，我走向沙发，坐在了甘蔗身边。他欠了欠身。我两口就把茶喝干了，就像甘蔗和微微刚才喝酒那样。手里攥着茶杯，感觉想抓住什么东西似的，我把头靠在甘蔗的肩膀上。他的身体僵硬了一下，但马上又放松了。他又翻了一页杂志。我闻到他身上凤凰烟的香味儿，他翻书的时候我听到书页沙沙的响声。我闭上眼睛，体验他身上的温暖和亲近，他身上的男人味儿，一个和我爸爸年龄相仿的成熟男人的味儿。

第九章

周一，我端着饭菜回宿舍的时候，德伟赶上我，拳击手套搭在肩膀上。"阿梅，你想和我一起去赶庙会吗？"他说话的声音很响。

我当然想去，但是不能和他单独去，那样就会被认为是谈恋爱。在学校，谈恋爱是不被允许的，屠辅导员已经说得很清楚。我也不想让德伟误会，他已经在接近我了。好多女孩子喜欢他，虽然他长相一般——宽宽的胸脯，大方脸——但是他的潇洒和热情增加了他的吸引力。

"芬芳今天早晨告诉我了，"我说，"我们一起去吧。"

"可是我在想……好吧，一起去。"德伟说。

我心想如果 *Luke* 可以和我们一起去该多好，但是我不好亲自邀他，也不好让德伟邀他，德伟对这个美国人有敌意。

"对了，逛完庙会，我还要去参加一个朋友家的葬礼，希望你和我一起去。没办法，谁让我有这么多朋友呢！"德伟又说。

"也许。"我说。我想他指的朋友大概就是他的那些混社的朋友。

~~~

星期天一早在庙会上，我惊喜地看到了 *Luke*。原来芬芳邀请了他。芬芳和一个女孩儿一起来的，是我曾经在校园见过的那个短发女孩儿。她不如芬芳高，肩也宽一些。她的眉毛浓浓的，短发和姿态给人假小子的印象。

"这是蓝梨，"芬芳告诉大家，"我表妹。"

她俩一路牵着手走，芬芳不时地把胳膊搭在表妹的肩上。*Luke*、德伟和我走在她们后面。他俩在我身旁一边一个，就像保镖，使我感到安全。在这样拥挤的人群里，总有一些坏男人往年轻女人身上蹭。但是我的注意力在 *Luke* 那，我在观察他在庙会上对什么感兴趣。他离我很近，我能闻到他身上的汗味儿。

庙会很快热闹起来，出现了一列前往寺庙朝拜的队伍。队伍前头是几个光膀子的年轻人在敲锣打鼓，其后是四个人抬着一个很大的佛像。他们后面三个女人手托着香炉，香烟袅袅，还有着盛装的年轻女孩儿，头上撑着五彩的雨伞。我们跟着朝拜队伍走过一个拱桥时，看到桥下面有一群人在争先恐后地触摸一个石猴，以求除去疾病、延年益寿。一个装扮成观音菩萨的女人在捏观音泥人儿卖给妇女或夫妻们。怀孕妇女求观音让她生一个健康的孩子，不缺胳膊少腿；也有的求观音让她们生儿子，好续香火。

一个算卦的老先生引起了我们的注意。他穿着一件很旧但是很干净的长袍，鼻梁上架着一副圆眼镜，消瘦的下巴上留着长长的山羊胡。他周围有好多围观者。给人算卦时，他的长指头在铺在地上的八卦图上移动，另一只手里攥着一个烟斗，不时地吸两口。

一个中年妇女坐在算卦老先生的对面，很紧张地看着他的手指移动，仔细听他说的每一个字。算完后她满面笑容地付了钱，起身走了。芬芳和她的表妹也要算卦。一个坐在小凳上，一个紧挨着坐在地上。我在几步远处观察她们。芬芳和算卦先生说了几句话后，算卦先生开始研究八卦了。

过了一会儿，他用那不大却敏锐的眼睛看着芬芳，手指一边在八卦图上慢慢移动，一边说话。他说了好久，芬芳打断了他几次。他说完后芬芳又问了问题，但是他的嘴好像封住了一样，不再说一个字。芬芳付了钱，站起来。当她转身的时候，我看到她眼里好像有闪闪的泪光。她的表妹，蓝梨，搂着她的肩膀，两人一起走开了。

这是我第一次看到芬芳不快乐。我既感到莫名其妙又有点担心。

到了中午，石桥上出现了一群着装完全和庙会气氛不符的人。很远就可以听见他们的喊声和哭声。这大概就是德伟所说的穆斯林葬礼吧。葬礼的队伍很长，据说这一带所有的穆斯林都来参加了，不管是否与死者有关系。他们头上戴着白布帽子，腰上扎着白腰带，分不清哪些是家属，哪些是客人。葬礼队伍在石桥的最高处停下来，大家一起跪下，朝一个方向磕头。

"我要去参加葬礼了，"德伟说，"有谁跟我去？"

芬芳和她表妹摇摇头。

"我没去过葬礼，"Luke 说，"但是现在我更想去一个餐馆，我肚子饿了。"

德伟不理睬 Luke，转向我说："阿梅，咱们走吧。"

"我不去。"我说。

"你要跟我去。"德伟说。

"我不喜欢去葬礼，会影响心情。"我说。

"来吧，你必须跟我去。"德伟一边说一边抓我的胳膊。

Luke 伸出手来，放在德伟的肩膀上说："嘿，别硬来啊，阿梅说不感兴趣。"

德伟瞪了 Luke 一眼，甩掉他的手，然后自己悻悻地走了。

我不喜欢德伟好像有权力指使我的样子，同时暗自喜欢 Luke 为我解围。他说"阿梅"的时候，我听到他声音里的温暖，甚至柔情。

"你们想不想跟我去艺森餐馆？"Luke 问大家。艺森离这里很近。

蓝梨和芬芳耳语了一番。"我表妹有两张电影票，电影院在城北边。我害怕去了餐馆就误点了。"芬芳说，脸上挤出一个微笑，然后和她表妹走了。

就剩下我和 Luke 两人了。

"你可不能把我甩下啊。"Luke 说，一只手搭在我的肩上，好像如果我走，他就会把我拽回来一样。

"好吧。我也挺饿了。"我说。

~~~

走了不到十分钟就到了艺森了，一个中等规模的外表不起眼的餐馆。进去之前 Luke 在路边买了一盒香烟，塞进牛仔裤的后兜里。

"我不知道你会吸烟。"我说。

"等会儿你就知道了。"他朝我挤挤眼。

餐馆里面挤满了人，我们只好坐在外面，座位用玻璃板和外界隔开。我假装读菜单来掩饰我的紧张，根本没有胃口。我知道一个年轻女孩儿在餐馆里和一个男人一起吃饭不合适，更何况那个男人还是外国人。我四下一看，吃饭的人都盯着 *Luke*。然后他们的视线自然落到我身上，眼神里很有寓意。我告诉自己要小心矜持。我从菜单后面悄悄地瞟了一眼 *Luke*。他此刻的心思都在饭上，我们点了涮羊肉火锅。

"看到那个老头儿了吗？" *Luke* 指了指玻璃板外面的一个老年人，"我们要哄他高兴。"

原来那老头儿是掌管我们火锅的。他又小又瘦，嘴里叼着烟，还有两根夹在耳朵上。他蹲在地上，面前好几个铜锅，冒着烟。他在用火钩侍弄锅底的木炭，眼睛让烟熏得眯缝起来。弄好后，他把火锅一个一个端到顾客的桌子上。看到 *Luke*，他频频点头，好像很高兴见到一个老朋友。

不一会儿，老头就给我们端来了一个火锅儿，锅里的水在沸腾。尽管我不知道这道菜怎么吃，但是我觉得这个器物很奇妙。

"他是餐馆里唯一一个知道怎样烧火锅的人。" *Luke* 用中文说，有意让老头儿也听见。他从裤袋里拿出那盒香烟，抽出一根递给老头儿。老头儿点头道谢。因为嘴里和耳朵上都有香烟，他只好把这根儿放进他围裙的大口袋里。

我们的服务员是一个漂亮的女孩儿，卷发，长长的睫毛。她把大小不一的碗和盘子摆了一桌子：一大盘切得很薄的肥瘦参半的羊肉，一碗腌制的韭菜花儿，一碗糖蒜，两个小碗盛着黑褐色的酱，奇特的是还有两个漏勺。

"谢谢。" *Luke* 对羞怯扭捏的女孩儿说。

我开始观看面前这个美国人表演吃技了。他灵巧地用筷子夹起一片羊肉，夹的时候没有把下面的羊肉片搅乱，然后把肉放到沸水里，肉片一开始卷缩，他就用漏勺把它捞出来。然后把肉在掺有韭菜花的酱里蘸一下，送到嘴里。吃完了羊肉，他又剥了一个糖蒜瓣儿，慢慢地品味。

"你来。"他对我说。

我有样学样，但是担心细菌，就让肉在水里多煮一会儿。可是用漏勺捞肉没成功，肉片在沸水里像鱼一样，很难捉。

"慢点，"Luke 说，"这样。"他轻轻握住我的手腕，教我怎样去捞羊肉片，他的手暖暖的。

服务员端来几瓶啤酒。Luke 当即打开一瓶，喝了一大口。"你好像有点紧张。"他说。

"一点也没有啊。"我把玩着漏勺说。

他又打开一瓶啤酒，递给我："喝一点儿你会放松。"

"但我不习惯喝啤酒。"我接过酒瓶，又把它放下。

"我一个人喝太没有意思了。"他说。

我只好又把酒拿起来，沾了沾唇。听说过啤酒的味儿像马尿，也许是事实吧。

Luke 怂恿我："大口喝。"

没想到他喝起酒来倒像中国人。一人喝酒是借酒浇愁，和别人一起喝酒就是一个热闹的聚会。他大概知道互相劝酒是礼貌和尊敬的表示，有时也是竞争，想把别人喝倒。

我一直在吃，心想说不定什么时候 Luke 又会来抓我的手腕。看他吃的确很有意思。他的操作显得很熟练，甚至优雅。我第一次觉得他是那么帅。我仍然很紧张，不知道他会跟我说什么。

有路人隔着玻璃板看 Luke，同时也忘不了抛给我一个怀疑的眼神。两个挎着菜篮子的老太太停下来端详他，边用手指点边相互耳语。*Luke* 开始假装看不见，等老太太们凑得太近，没有玻璃板就会碰到他的头发时，*Luke* 把他的嘴贴到玻璃板上，假装亲吻她们。两个老太太即刻像小姑娘一样窃笑着走开了。

"她们让我想起我的奶奶和姥姥。"*Luke* 说，"我很想她们。"

"她们都在美国吗？"我问。

"是。姥姥、姥爷住在威斯康星。"他说，"爷爷奶奶住在西弗吉尼亚。你知道我就是从那儿来的。他们在那里有一个农场。"

我想起关于西弗吉尼亚那首歌，还有 *Luke* 的《国家地理》杂志里面美丽的风景照片。我很羡慕他有祖辈四人。我只知道姥姥杨柳和姥爷平舟，而且两人都不在了。

已经下午了，好多顾客离开了。我感到轻松了一点。"那天我在市场看到你了。"我说。

"是吗？"

"我也看到芬芳了。"

"我骑自行车送她回家了。"

芬芳家离市场走路不到十分钟，根本不需要别人骑车送。何况我看到他们走的方向和她家的方向相反。不是她对 *Luke* 说了谎，就是 *Luke* 在对我说谎。

"你真好。那天风挺大的。"

"那点风算什么。"

"我曾经也想骑车带你回家，不记得了？"*Luke* 说，"可是你的确太孤傲了。"

"我孤傲啊？"我忍不住想笑。

他是这样看我的吗？我可从来没有觉得自己孤傲。

不知道应该说什么，我想转换话题。"你怎么中文说得这么好？"我问。

他不紧不慢地又吃了一片羊肉才解释："来中国以前我就学了中文。我和我妹妹都对中国感兴趣。"

"我不知道你还有个妹妹。"

"她的名字叫麦迪森，我们叫她麦迪，比我小一岁。"他说，"我十八岁生日时，妈妈给了我一本世界地理书。看那本书使麦迪和我都对中国产生了好奇，中国的地理和文化很吸引我们。那时我俩决定以后一起到中国来。十八岁的时候，我很有冒险精神。"他看了看我继续道，"你十八，对吗？"

"十八了。"

Luke 盯着刚打开的啤酒瓶里的白沫。"十八岁是一个让人困惑的年龄，对吗？"

我不知道困惑对他意味着什么。对我，自从过了十八岁生日到现在，所有的一切都让我困惑。假如 Luke 没有出现，还会困惑吗？

"是的，是挺困惑。"我说，"能告诉我你的十八岁是什么样吗？"

Luke 没有马上回答，直到把那瓶啤酒喝光。"那年发生了好多事情，"他两眼盯着面前的空酒瓶说，"首先，麦迪病了。她皮肤上开始出现很多瘀血点。开始爸妈没觉得有什么严重问题。然后她开始发烧，经常会很容易出血。她被送进医院，诊断是白血病。"

我的心往下一沉，知道白血病是不治之症。

"三个月以后，麦迪就离开了我们。她没有等到来中国的机会。"

"我真的很伤心。"我说，为 Luke 有这种经历而伤心。

他闭上眼睛，或许是想摆脱坏情绪，或许是在回想。

"你妹妹什么样子？"我问。

"她的头发是红色的，眼睛是最美丽的那种褐色。像你一样，她也喜欢读书。" Luke 说，"她是一个很快活很活泼的女孩儿。"

我试图在脑子里想象一个年轻快活的红头发的美国女孩儿，还想她是否读过《简·爱》。

"你妹妹离世，我可以想象你多么痛苦。"我说。

"那之前我真的不知道什么是悲伤，" Luke 说，"无法忍受的悲伤。我不知道怎样去驾驭它，觉得好像自己变成了另外一个人。我开始经常逃学，出走，一走就是几天，几个星期。我做了好多让父母焦心的事情。他们为麦迪已经极度伤心了，然后又为我伤心。"

服务员又端上一盘羊肉片。

"那时候我真的崩溃了……" Luke 没说完就止住了，然后生硬地换了话题，"如果教你们用英语骂人肯定挺有意思。"

我很高兴看他脸上有了笑容，我也笑了笑，说："也可能用英语骂人挺好玩儿，只是我不能让我妈妈听到。"说完我立刻后悔，不该提妈妈。

"你妈妈会说英语吗？"

"会说一些。"

"她是怎么学的？"

"我姥爷教她的。"

"是吗？有意思。"他自言自语地说，好像略有所思。他看看我的碗，里面是没有吃完的羊肉片儿，已经凉了。

"你怎么不吃呢？"他夹起涮好的一片羊肉，放到另一个干净的碗里给我。

"我没想把你也弄得伤心啊，阿梅。"他说。

这是进到餐馆以后他第一次叫我的名字，"我更喜欢看你笑，微笑或大笑，你会哈哈大笑吗？我可从来没见过。"

我尴尬地咧了咧嘴。

"你是一个很安静、沉稳的女孩儿。你一直是这样，还是只跟我在一起这样？"他的眼睛在我脸上转圈儿。

我不想承认他对我的影响，"我只是和不太了解的人这样。"

"你很快就会全部了解我了，那时不知道你又会怎样看待我。不过我要想了解你，如果可能，会需要很长时间吧。你和其他的女孩儿很不一样。"

"我有什么不一样呢？"我问。

"你很自控，有时候好像要把自己掩藏起来。"

我想反驳他，但是搜肠刮肚找到的理由，连我自己都不信。起码他没有说我像一个修女——罗切斯特先生是那样说简·爱的。

"我现在在掩藏我自己吗？"我问。

他看着我笑了，"当然了，"他说，"不然的话……"

"不然会怎样？"

他想要回答，但马上又改变了主意，"不怎样。"

为了掩饰我的难堪，我立刻转话题问道："你妹妹去世后，你到底干了什么？"我想知道他说的"好多事情"都包括什么。

"以后再告诉你，"他说，"现在我们吃。"

我有点失望。但是也理解可能讲那些事情对他挺困难，尤其对方是一个中国女孩儿，一个幼稚、没经验的，不配和他坦白交心的女孩儿。他肯定是这么看我的。

我们越吃越不优雅了，火锅儿变成了混浊的池塘，羊肉片在里面游走，我放进去的肉片漂到他那边，他的漂到我这边，有的肉片待在锅里太久已经硬得咬不动了。*Luke* 的那盒儿烟也只剩一半儿了。吃完饭后，他把剩下的烟给了老头儿。

"午饭真的吃得很愉快，你说呢？"*Luke* 问我。

"是的。"我说。

"因为有你在。"他又说。

我点点头，眼睛往旁边看，心急跳了几下。

服务员拿来了账单。通常出于礼貌，在座的每个人都会抢着付账，但是我没有足够的钱来装样子。我从口袋里捞出一把揉皱的纸币，数出六元，大约是账单金额的一半，递给服务员。

"别惹事。"*Luke* 用胳膊挡住我的手。

我把手从他胳膊下面抽出来，把钱放在服务员的小盘子里。*Luke* 不再争执了，如果他真是一个中国人，我们就会来一场掰手腕儿比赛了。

往外走的时候，*Luke* 把手放在我的背上，像外国电影里看到的男士陪女士走出餐馆或剧院那样。

当我无意在门口回头看的时候，吃了一惊：微微和甘蔗正坐在一个角落用餐。他们正好也在往我们这边看。我感到好像做了什么坏事让他们当场抓住了，我紧张起来，然而不过去打招呼会使事情更糟糕。

"等我一下。"我对 *Luke* 说，然后走过去。

我站在微微和甘蔗的桌旁，"不知道你们也在这里吃饭。"

我尴尬地说。

"我们也不知道你在这里啊。"甘蔗说。

微微什么也没说,她往外看着,转过头来时,把我从上看到下,然后抓起我的手。她注意到我染得红红的指甲,这是我第一次染指甲,芬芳和我那天用她从井街买的指甲油染的。微微触电一样放开我的手,拿起茶杯,一口气喝进去,好像忽然很渴似的。

不料,Luke 走了过来。我看着他不知该说什么。甘蔗向他伸出手,"你大概是阿梅的英文老师吧!"他面带微笑地说。

Luke 和甘蔗握手,说:"你好。"然后转身去向微微介绍自己。微微不去握 Luke 伸给她的手,一动不动地盯着他看。她的脸很苍白,一种很难读懂的表情冻结在上面。Luke 转过身来,不知所措地笑了笑。这是我第一次看到他不自在。

"你喜欢吃火锅?"甘蔗问 Luke。

"是的,我有一个好胃。"Luke 结结巴巴地回答,把胃口说成了胃。

"我们该回学校了。"我说。

我和 Luke 往外走的时候,我感觉到微微狼一般的眼睛跟踪着我们。

我觉得有必要向 Luke 解释一下微微的无礼:"对不起,我妈妈见了外国人很不自在。不是冲你来的。"

"我没问题,"Luke 说,"不过你可能要向她做些解释。"他显得有点担忧。

"没什么大不了的,我妈妈就那样。"

"希望你不会有麻烦。"他说,"和她在一起的是什么人?那个叫甘蔗的?"

"她的朋友。"我说。"男朋友"我说不出口。

"你妈妈很美丽。"我们站在餐馆外面的时候 *Luke* 说。

"是。她很美。"

"你长得很像她。"

我躲开 *Luke* 的视线，同时避免让他看到我的脸。"再见吧。"我说，声音有点颤。

Luke 没说话，我只听到他的喘气声。我们静静地站着。他回头看了餐馆几次。他的脸上没有笑容，几乎有点严肃。在下午的阳光里，他的眼睛不是蓝色，也不是绿色，而是蓝绿之间的一种颜色，如同在一个雾蒙蒙的清晨从远处看海水那样的颜色。

第十章

　　微微终于见到了 *Luke*，好像她的恐惧被证实了。*Luke* 向她介绍自己的时候，她的眼神和脸上的表情让我悚然。

　　在餐馆和 *Luke* 分手后，我不想马上回家，不想马上见到微微。同时我一直在想和 *Luke* 吃午饭的情景，回想他的故事，他的手势，他看我时的眼神，还有微微和 *Luke* 的形象在我脑子里碰撞。

　　看到一个商店，我想进去藏一会儿。商店很小，货物却很多，有食品和布匹。我买了一些绿色橄榄和硬糖，然后坐在菜架和肉案之间的长木凳上吃橄榄。开始嚼的时候橄榄发酸，发苦，可是越嚼越有味道，逐渐变甜。

　　想 *Luke* 使我有一个冲动：把他的名字翻译成中文。Lu 和 Ke 这两个音能对应好多字，意义不同。路可以是福禄、道路、路口、路障。

　　我把这些意思拼起来总结 *Luke*：在他妹妹离世以前，他过得挺幸福。那之后很坎坷。他可能选择了不同的路，有些使他非常后悔。然后我把这些字的意思拼来安在我自己身上：我走在一条路上，或站在路口，这条路有好多路障。路障就是 *Luke* 此人。

　　ke：可行、不幸。把"路"和"克"放在一起时，意义就更难猜测了，就像一个不可能解开的密码：*Luke* 的道路很不幸，有好多路障。没有任何两个中国字可以完全解释 *Luke*，更无法预料我对他的感情会通向哪里。我在嚼最后一颗橄榄，边嚼边看卖肉的中年男人切肉。他边和顾客聊天儿，边切下一块块顾客选择的肉。然后把肉包在荷叶里，放在顾客手上。

肚子饿的时候我才想起回家。

门关着，没有锁。我小心地推门，不知里面有什么在等着我。微微和甘蔗都不在客厅里，进入我视线的是那些灌满了黑墨的牛奶瓶，桌上桌下都有。微微的声音从她房间里传出来：观自在菩萨，行深般若波罗蜜……她念佛的声音有点像唱歌儿，在木鱼的敲打声中，听起来好听又瘆人。这些掺杂在一起的声音，在空气里回荡，叩打着四面的墙壁，好像要破壁而飞似的。每个字都像在对我说什么，每个音都既神秘又明了，饱含寓意和威力。

走进我的房间，我很吃惊地看到我的衣服摊了一床，还有一个小旅行箱。我们要去旅行吗？微微没提这件事啊！何况从我记事起就从来没有旅行过啊。

我转身去微微的房间。她仍然在念佛。她的旅行箱放在地上，一些衣服乱扔在里面。

"微微，这是怎么回事啊？"我问。

微微马上停止念经，睁开眼睛站了起来，"我一直在等你回家，怎么这么晚呢？"她上下打量着我。

"我去图书馆查了点东西。我们为什么要用旅行箱？"

她把两只手放在我的肩膀上说："我们必须离开，阿梅，必须马上离开这里。"

"离开？你在说什么啊？"

"离开这个城市。"

这一切发生得太突然，我开始感到恐惧。

"怎么了，阿梅？你为什么这样看着我？"她用手摸了摸我的额头。

我把她的手甩开，"为什么？微微。"

"我以后再解释。"

"不！现在就告诉我！"

"我要带你脱离危险，不然就晚了。"

"什么危险？"

"美国人！"

"他不是危险，他很善良，也很关心我。"

"所以他很危险。他迟早会伤害你。"

"就因为他是美国人吗？"

"不是……是……他告诉你了，对吗？"

"告诉我什么？"

"所有的一切。"

"他能告诉我什么？我们只是谈论学校和英文课。"

"你跟我说实话了吗？他和你单独在餐馆里吃饭难道没有对你说什么？"

"说什么？"

"他在试图接近你。一旦取得了你的信任，他什么都能做出来。"

"你在瞎说什么？一点没有道理。"

"相信我，我知道什么对我们好。"

奇怪，她说对"我们"好，而不是对"你"好。

"我们马上离开，不然就晚了。"她说。

"我们不能走。我进这个大学多么不容易呀。况且我们能到哪里去呢？"

"我也不知道啊，阿梅。我们能到哪里去……？没有地方可去，没有地方可藏。"她用手捂住自己的脸，开始抽泣。

"你不用担心。"我说，心里暗想，以后绝对不能让她看到我和 *Luke* 在一起了。

微微在房间里漫无目的地踱步，好像在做什么决定，最后她走到敬佛的桌边，拿起木鱼来，对着它发愣。

微微对 *Luke* 的怀疑和担忧真的震惊了我，比我想象得要严重。但我安慰自己，她会平静下来的。我暂且让她一个人待一会儿。况且我自己也想单独静一会儿。

院子里，四儿又在扫地，弄得灰尘四起，并发出鬼叫一般的沙沙声。

"四儿别扫了，跟我来。"我说。

他马上把扫帚扔掉，跟我来到桑树下。我把鞋脱掉，开始爬树。我摘下桑叶，扔给树下的四儿。他傻笑着去捡那些像下雨一样飘落的树叶。

"女孩儿也能爬那么高啊！佩服。"有人说。

是甘蔗。他刚从大门进来，抬着头张望树上的我。太阳底下，他的脸在放光。在餐馆相遇以前，那张脸就像一本新书的封面，既简单又陌生：因为陌生，所以简单。可是那本书我翻过几页之后，封面就开始变了，变得更加熟悉，同时更加复杂。

"你妈妈在家吗？"他问。

"在。她在等你。"

我喜欢他来，他总是能使微微高兴起来。

甘蔗把烟把扔在地上，用脚踩了一下，就走向我们家。

"四儿，四儿，你回来。"三奶在家门口喊叫，用两只拐杖支撑着她沉重的躯体，"你怎么什么都记不住呢？猪脑子。"

又摘了一些桑叶后我爬下树来。四儿从口袋里拿出桑叶塞到我手里，然后跑向他妈。随即，他推来了地排车，稳定在他家的台阶下，开始装车。三奶坐在车上就像一堆肉。她肥肥的脚硬被塞进布鞋里，好像随时都会绷开鞋面。听到甘蔗的咳嗽声——他吸烟的时候会咳嗽——三奶转过头去看我们家。即使窘迫地坐在车上，她也不放过窥探的机会。看到她撇了撇嘴，我可以猜测那两片薄嘴唇后面的恶毒的字眼。

"去洗澡还是开会？"四儿问。

"不都是一条路吗？猪脑子。"他妈说，"还不赶快拉，不然我掴你的头。"

她的话激怒了我："三奶，有人掴过你的头是吗？疼得要死吧。"

她有点吃惊地看了我一眼说："姑娘你说呢？谁敢呢？"

我敢，我想说。

回到家，微微仍然在念经，在客厅里，甘蔗一人坐在桌前，手拿一把水果刀和一根竹子，在为微微削毛衣针，很专注的样子。我虽然不想和他单独在一起，但又害怕他以为我躲避他，所以决定留在客厅里。

我想找点事做，从书包里拿出芬芳送给我的一小瓶指甲油。我手上有些指甲油被蹭掉。涂右手的时候，我的左手很笨，发颤，弄得一塌糊涂。

"你需要帮忙吧？"甘蔗问，他已经削好了毛衣针。

龙胆花

"不，我可以的。"我说。

他还是走过来，把手摊开说："相信这两只手。"

他在我的对面坐下，拿起我右手小拇指，很轻很稳地刷上一层颜色。他的动作很准确，指甲油涂得很均匀，而且没沾到皮肤上。然后他用嘴吹了吹，又审视一番，好像一个艺术家在欣赏自己刚完成的作品。

"指甲很漂亮啊。"微微依靠在她房间的门框上说，她的语调和脸上的表情却在表达和她说的话相反的意思。她的头发好像刚梳过。她站在那儿看了多久了？

"还有最后一个。"甘蔗说，"你胃还疼吗？可能是餐馆的羊肉不好。"

"慢慢涂吧。"微微说完转身回房间，一会儿又走出来，手里拿着一件东西。甘蔗在吹我的最后一个指甲。

"既然她的指甲这么漂亮，让她也穿得漂亮一些。"微微说。她为什么要用"她"来指我？

微微猛然从甘蔗的手里把我的手夺去。

"不要着急。"甘蔗平静地说。

她根本不听，手里拿着一件绣了荷花的丝绸长衫，硬把袖子给我穿上。我手上没有干的指甲油蹭到袖子上她也不理会。

"这是我年轻的时候穿的。"她两眼看着我说，"太像了。"

不知道我像她使她高兴还是厌恶。

"别走开。"微微说，又转回她的房间。一会儿，琵琶音乐从里面传出来。她回来后，我们三人站着听音乐。那是她留声机上放的一张唱片——《十面埋伏》。第一次听到这支曲子的时候，我正在吃一个梨，把梨核也吃进去了都不知道。节奏加快的时候，使人想象到战场上的马蹄声和斗士的喊杀声。

微微到底在干什么？告诉我我被埋伏了？她被埋伏了？还是我们俩都被埋伏了？

"快跑，这时候你应该开始跑！"微微命令道，像一个导演在指挥演员。

我在身上的长衫和耳边的音乐的感染下变成了另外一个人。微微只往前稍微一推我，我就开始"跑"，就是京剧演员在台上走的"快步"。我在房间里转着圈跑。微微一边观察我，一边在玩弄一只肥蚕，让蚕在她赤裸的胳膊上爬行。甘蔗坐在沙发里吸烟，眼光在我和微微之间转换。

我继续"逃跑"，又长又宽的袖子在空中飘舞，留下看不见的痕迹。我好像在写书法。逃：草书，左边的"走之"像风，右边是预兆的兆，有预兆时像风一样逃跑吧。

不料长衫的下摆挂住椅子上的钉子，使我踉跄了几步，差点栽倒。又羞又怒，我把长衫脱下来，甩在地上，往门外跑去。微微在我身后大笑，笑得像哭。

晚上微微睡了以后我准备洗澡。在木澡盆里灌了一半凉水，又掺进去暖瓶里的热水。把门关上后，我脱掉衣服，迈进澡盆里。小时候用的木澡盆现在有点太小了，我小心地坐下来，以防把水溅出去。我把毛巾吸满水，放在肩膀上，让水往下流。像小溪在流淌。月光从纱窗里透进来，洒在竹匾中的蚕身上，穿透它们的软体，使它们显得很透明。已经是成虫了，这些蚕又胖又长，颜色也从鸭蛋绿色变成了乳白色。它们在吃撒在竹匾上的桑叶。如果我把耳朵贴近竹匾就能听到咀嚼的声音。

洗完了澡，我从澡盆里站起来，准备用毛巾擦干。这时候门开了，微微走了进来。她光着脚，穿着一件白色睡衣。她不看我，好像根本不知道我在这里。

"微微，你吓我一跳。"我说。

她不回答，像在梦游中。她在竹匾旁边停下，弯下腰去看蚕，然后突然转过头来，好像刚刚注意到我。她两眼怔怔地看着我，好像不认识我。她的美丽的脸变得有点陌生，扭曲，甚至怪诞。她的脸色像她的睡衣一样苍白，让我想起白色鬼魂。我赶快用毛巾拧头发。拧出来的水滴到木澡盆里，发出很响的声音。

我还没迈出澡盆，微微走过来，抓住了我的两只手。我用力想把手抽回来，却差点失去平衡，我只好又坐回到澡盆里。"你要干什么？"我冲她喊，希望能把她从梦游中惊醒。

她像根本没听到我的声音，慢慢地在水泥地上跪下来。她抓住我握住澡盆边缘的手，那么大的劲，我只好把手松开。她眼睛盯着我的手指甲，就像在餐馆那样。然后她开始轻轻地抚摸它们，好像在欣赏它们的美。鲜红的颜色在轻柔的月光里显得很刺眼。她的抚摸逐渐变得很粗暴，直到她开始用自己的指甲刮我的指甲油。

"微微，停下，你弄疼我了。"我又喊。

她仍然像没听到，继续刮我的手指。很疼。我想她自己也很疼。刮掉我所有的指甲油后，微微站起来，朝门外走去。她睡衣的袖子撩过蚕匾，蚕匾翻倒在地上。她若无所知地走出门去。

蚕在地上爬行，蠕动，有的蚕被匾压在下面了，有一些掉进了澡盆，浮在水面上，不知是死是活。

我从澡盆里跳出来，捡起在地上爬行的蚕，扔回匾里。我随便拿毛巾往身上一裹就向我的房间跑去。湿湿的脚拍打在硬硬的地板上，在寂静的夜里发出可怕的响声。

第十一章

屠辅导员似有千里眼和顺风耳。我预料他已经知道了我和 *Luke* 在餐馆吃午饭的事。我预料在下个班委会上有一个"批评嫦娥"的日程。

果然屠辅导员来找我了，比我想象的还快。

"上周你和 *Luke* 先生在艺森餐馆吃饭了。"他说，连个铺垫都没有。

他没有问问题，我照例没说话。

"一个女学生和一个男老师的暧昧关系，反映了她的道德问题。"他说，"特别是，那还是个西方人。"他好像暗示西方人是最糟糕的外国人。

我还是不吱声，兵来将挡，水来土掩，且让他自说自话。他话越多，我越有信息和时间来寻找答案。

"你对他一无所知，不知道他过去是什么样的。"屠辅导员说，"像你这样的女孩子很容易轻信，而你长得又漂亮。"他突兀的眼睛在眼眶里转来转去，使我很不自在。

"可是我没做什么丢人的事。"我说，尽量不去看他。

"不丢人？你不但给自己丢了脸，也给全班，甚至全校学生丢了脸。"

"仅仅因为一次午饭？怎么会……"

屠辅导员没让我把话说完，打断了我："如果我不及时矫正，做一些适当处理，对别人就不公平了。你做的事对别人造成了坏影响。我们不得不给你留团察看的处分。如果你再和他私下见面，后果会更严重。"

共青团是我在高中的时候加入的，是一种荣耀，被开除不但是一种耻辱，而且会在我的档案上留下污点。

"你不觉得这个惩罚太过分吗？"我说，强迫自己看他的眼睛，"别人会以为我做了什么天大的坏事。"

屠辅导员狠狠地瞪了我一眼，压低声音说："保洁员在他的床上发现了黑色长头发。"他说完转身走开，重重的脚步声在走廊里回响。

我感到一阵晕眩，想起鲁迅先生的一句呐喊："人言可畏。"

我被处分的事传得很快，不到中午其他班里的学生也知道了。有些人用怪怪的眼神瞟我，有人在我路过时低声耳语。

"屠辅导员不公平。"芬芳在大扫除结束后对我说。

她的同情好像是真心的，但是自从那天看到她坐在 Luke 的自行车上，我就对我们的友谊感到有点纠结，况且她是班里不多的几个与屠辅导员友好相处的学生。我说话必须小心。"我真感到羞耻。"我说。

"完全不必。"芬芳说，"想去澡堂洗澡吗？我请客。给你散散心。"

"好的。"我说，觉得拒绝会显露我的戒备心，"但你没必要请我。"

"我愿意。"她说,"只要你能高兴起来。"

我和芬芳在马路上并排骑着自行车去城北边。一路上,一阵一阵的带尘土的风吹打在我们脸上。我们俩都戴了头巾。芬芳的是新的,淡黄底色上面有粉色的条纹。我的头巾是印花的,微微用她的一件旧丝绸上衣给我改的。

澡堂属于招待所,但是也对外开放,只是价格高一点。里面比一般的澡堂要清洁一些,浴室隔间也大,还有长板凳,是给那些在高温蒸汽里会晕倒的客人们准备的。

我和芬芳各自带了肥皂、毛巾和换洗的内衣走进澡堂。澡堂里,人们穿着塑料拖鞋走来走去,脸都被热气熏得通红。出门的人头上罩着毛巾,以防刚洗过的头发被风尘弄脏。

在更衣室里,女人们脱下衣服,塞进小柜子里。人很多,我和芬芳幸运地找到了一个空柜子,把我们的衣服一起塞进去后,我俩就走进了热气腾腾的浴室。

在泛黄的、柔和的灯下,洗澡女人的裸体在浓厚的雾气里隐约可见:胖的,瘦的,或站,或坐,或蹲。不洗淋浴的坐在小板凳上用刷子清洗自己的脚。迷雾中这个景象很像我在外文书店一本西方艺术集里看到的印象派油画。

"阿梅,你有没有洗发精分给我一点?我忘带了。"芬芳在我旁边一个淋浴间里说。

"把手给我。"我从我的淋浴间里探出头来说。

她伸出手,我把洗发精挤在她手上。

洗澡水是烧煤的锅炉提供的,所以温度很难调整,全靠那个烧锅炉的人。今天他好像心情不好,水忽热忽冷。洗澡的女人不时隔着墙壁对烧锅炉的人喊话。

"太烫了，你在烫猪毛啊？"

"又凉了，我们都快冻成冰棍儿了！"

我洗头发时，水突然变冷。我不得不跳出淋浴间。芬芳几乎同时跳了出来，差点撞到我。蒸汽很快消散了。我们站在那儿，彼此看得很清楚，芬芳满头泡沫。

我本能地把两只胳膊交叉抱在胸前，却想起另一件事情称赞她："上周看你在演出台上跳舞，你跳得真好。是印度舞蹈吗？"

"是巴基斯坦舞，表现村妇头顶罐子到井边打水。"芬芳把两手放在头上，假装扶着一个水罐儿。我觉得她简直就像希腊女神维纳斯的雕像。

过了好一会儿，水还只是温的。芬芳建议我们去洗澡盆。澡盆比淋浴要贵，但她说有钱付。把我们的东西拿好后，我们走到了另一个房间。收票的大妈说只剩下一个澡盆了，指了指远处一个角落："既然你们俩都很瘦，用一个也行。"

房间里有八个澡盆，中间用竹帘隔开。我不记得上一次泡澡是什么时候了，只记得小时候微微带我来洗过。我和芬芳面对面坐在澡盆里，热水包裹着冷冷的皮肤，很舒服。我们相对而笑，有一会儿我们没有说话，只享受泡澡的舒适。

"阿梅，"过了一会儿芬芳说，同时用湿毛巾捂在自己脸上，"上次英文作文你得了多少分？"

"91分。你呢？"我说，把冷了的肩膀沉没在水里。

"95。很幸运。我爸爸不允许我低于95，他会惩罚我。"一个黑影掠过芬芳的脸，然后很快消失了。

我宁愿有一个父亲，他可以为我的分数惩罚我，不管他的标准多么高；他可以在我晚上回家晚了时责备我；他也可以骑着自行车，让我坐在后座上吃他刚为我在集市上买的还烫手的烤地瓜；他还可以和微微在一起散步，我在后面跟着……不管他什么样，我都可以接受。

"其实他不是我的生父，是继父。"芬芳说完把头沉在水里。

我有点吃惊芬芳有个继父。不知道她继父对她好不好，我经常听到继父继母虐待孩子的故事。

"你的生父在哪儿？"芬芳把头从水中冒出来时我问。

"他在另一个城市。我十一岁的时候妈妈和他离婚了。"

"你继父对你好吗？"

"他，是一个怪人。"

芬芳又消失在水下，我等她再次冒出头来。

"猜一猜那天我在哪里见到 Luke 了？"她冒出头来说，湿湿的头发贴在她的脸颊上。

芬芳总是让人难以捉摸。我的脑子快速地从她的继父转到 Luke 身上，"你在哪里见到 Luke 了？"

"在贵妃酒店。"芬芳挑起一根眉毛，显得很神秘，"在井街上。"

"那你也在贵妃酒店吗？"我刚问完这句话就后悔了。

"我只是路过，从门外看到他。我和表妹在逛西式衣服店。"她笑了笑，好像还想说什么，又打住了。

我不知道是否能相信芬芳的话。酒店里的贵妃和历史上的贵妃一样美吗？Luke 到那里去看她，还是去喝酒？

我应该亲自到那里看一看。可是我没有芬芳那么勇敢，一个人跑到井街去，尤其在夜晚。更重要的是我还没有忘记屠辅导员的警告，更何况还有微微！

我需要好好计划一下。

"让我来替你洗脚。"芬芳说，打断了我的思绪。

我把一只脚抬出水面让她打肥皂。

"我喜欢玩儿脚。"她说，嬉笑着按摩我的脚心，"蓝梨和我到这儿来时总是喜欢互相洗脚。"

我也只好洗芬芳的脚。她的脚细长，比我的大，形状优美。

"你的皮肤像婴儿的一样，很光滑。"芬芳说，上下摸着我的小腿，"听说西方女人腿上有毛，还要用刮胡刀刮。"

这，我还是第一次听说。"那我们太幸运了，该长毛的地方长，不该长的就不长。"我说。我们俩都笑了起来。

我们在澡盆里洗了好久，最后不情愿地结束。

离开澡堂后，芬芳建议我们到对面的集市上去逛一逛。

"好的。"我说。

集市上很热闹，卖什么的都有。有的农民是赶着马车或驴车来的。一个卖活鸡的人在喊："老母鸡，老母鸡，肥得喂十个人没问题。"一个卖萝卜的用京剧的腔调吆喝。一个农民在偷偷地卖田鸡腿，因为是犯法的，所以他卖一会儿就骑车子走开，过不久又折回来再卖一会儿。有两个年轻人在摔跤，引起一阵一阵的喝彩和哄笑。

芬芳指了指一个蹲在二轮车边的农民说："看，他在卖葵花。"

那些葵花很饱满。芬芳和我各自花了一毛五买了一个，边逛，边吃葵花籽。新鲜的葵花籽比炒熟的还要好吃。走到街口，我们看了一会儿养在水盆里的各色金鱼，然后骑车回家。

我们俩并排骑，边骑边聊天。偶尔有卡车开过，司机会放慢速度，把门上的玻璃摇下来，冲我们喊叫，我们就对他们做鬼脸。因为是下坡路，我们不需要蹬车，一路滑行，风也给我们加速，把我们的上衣吹起来，鼓鼓的像气球。我感觉自己好像在飞。

"我愿意一直这样骑下去。"芬芳喊。

"我也是。"我说，"一直骑到戈壁滩。"

"为什么要去那儿？"

"去骑骆驼啊。"

"我和你一起去，哈哈。"

又一辆卡车开过，载着一车煤。司机向我们按喇叭，我们就哈哈大笑。

"阿梅，你很喜欢 Luke，是吗？"芬芳在呼呼的风里喊。

"你不要乱说。"我喊回去。

"你真是个小妹妹，这么单纯、幼稚。"

"你说什么？"

"没什么！"她大笑起来，"我要拐弯儿了，再见，阿梅。"芬芳用一只手朝我挥了挥，另一只手扶着车把，飞向另一条路。

第十二章

一周来，我一直害怕回家。但是周六又到来了。

走在小巷里，我好像拖不动脚。那天微微刮掉我指甲油的情景历历在目。我不由得想，那天晚上她的举止如此荒诞，也可能她的精神出现了暂时的不正常。现在回家，我不知道她和我彼此会说什么、做什么。

我高兴地看到甘蔗坐在沙发上，手里夹着抽了一半的烟。微微依偎在他身边，在织冬天戴的手套。

"回来过周末了。"甘蔗说，面带微笑。

微微在用竹针织手套，她不说什么，但是她那狼一般的眼睛盯着我、审问我。她把所有的手套从编织篮里拿出来，用毛巾包好。最近她的顾客不是很多，没卖多少中草药，为了省钱，她做饭时会往大米里多加些水，有时还会掺一些小米。

我走进厨房，看到一碗面条在炉子上温着，上面还有一个煎鸡蛋。我鼻子一酸，边吃边想甘蔗来了多久了，是否是早晨来的，是否在这里过了一夜……微微一直说不嫁人，他会不会使她改变想法？甘蔗有没有想娶她的意图呢？我越想，筷子动得越慢。

　　微微突然走了进来，在我对面坐下，看着我吃面条，说："这一周学校里怎么样？"她还是原来的微微，好像什么都没发生似的。

　　"照旧。"我说。

　　"他没再让你和他出去吗？"

　　"没有。"我用筷子戳了戳碗里的鸡蛋。

　　"他还会的。"

　　"你怎么知道？"我瞥了她一眼。

　　"这是母亲的本能，你要相信我。"

　　我继续吃我的面条。

　　"我只有你，阿梅。"她换了一种语调，伸过手来摸我的头发。

　　幸亏我回家以前没忘记把头发烫直。在学校宿舍里，我有一个像家里这样的电梳子，每次回家以前，我都要给头发上电刑。开始其他女孩儿觉得很奇怪，但是时间久了，她们就像我一样，习以为常了。

　　不能让她继续问下去，我也有问题问她呢。"上周六晚，你为什么要那样做？"

　　"什么？"

　　"我在澡盆洗澡的时候，你刮掉了我的指甲油。"

　　她看了一下我的手，"不要再染了。"微微真是一个回应但不回答的专家。

　　她收起我的空碗，"快去准备好。甘蔗要带我们去商店。"

　　我很快换了一件干净的上衣。甘蔗已经准备好了自行车。"上马吧，女孩子们。"

　　微微抱着她织的两包手套，坐在了后座上。我只好坐在前面。我从甘蔗的胳膊底下钻进去，侧身坐在大梁上，像芬芳坐在 Luke 的车上那样。

尽管是重载，甘蔗却骑得很轻松，自行车一点都不摇摆。开始，我在甘蔗两臂的围拢中有点难为情，脖子上能够清楚地感到他暖暖的气息，肩膀偶尔会碰到他的胳膊。但很快我就适应了，开始享受坐在自行车前座的趣味。每当前面有路人挡路，甘蔗就让我摇一下车把上的铃铛。

那些手套只卖了十二元，比起微微下的功夫真是不值。可是她自己却很高兴。回来的路上，她要去路旁的一个鱼市。那里又挤又闹，水泥地又湿又脏。卖主不是渔民，而是二道贩子，他们戴着手套卖那些还带着冰的鱼。唯一的鲜鱼是从本地的湖里捕上来的、又肥又大、鱼鳞粉红色的鲤鱼。还有蛤蜊，放在大铝盆里。鱼市让人很饱眼福，但是腥味让人恶心。

"我在门口等你们。"我说。

"你一个人不行。"微微说。

"我受不了那个腥味儿。"我用手捂住鼻子。

"那就站在这儿，不要走开。我们不会去多久。"说完微微和甘蔗挤进闹市。

腥味儿太大，我离开门口，站在人行道上。公交车和自行车来往不休，喇叭和车铃不停地响。街对面是一排卖东西的小摊位。书摊旁边，有人向我招手，不是别人，竟是 Luke。我犹豫着，让微微看到了怎么办？但是有一种无形的力量在拉我。我回头看了看鱼市，微微和甘蔗早已消失在人群里。如果我赶快回来，他们也许不会发现，于是我跑过马路。

"没想到在这里碰上你，我太高兴了！"Luke 说。他穿着宽松的灰色 T 恤，咔叽裤和跑鞋。他的头发比平时要短。

"你理发了？"我傻傻地说。

他随便挠了挠头问："你喜欢吗？"

"适合你。"我本来想说很喜欢。

"你在那边等人吗？"

"等我妈妈。她喜欢那里的蛤蜊。"

"噢，我知道一个卖正宗蛇酒的地方。你妈妈不是喜欢喝吗？"

"在哪里？"我问，其实已经猜到了。

"井街。我认识店主人。"

当然，芬芳已经告诉我了。"是贵妃酒店吗？"

"是啊。"

我不需要找借口去见 *Luke*，他邀请了我。"我现在要走了。"我说着匆忙地过了马路。

"晚上七点，不见不散。"*Luke* 在我身后喊。

我跑到马路那边时，微微和甘蔗正好从鱼市走出来，但两手空空。

"今天没有蛤蜊吗？"我问微微。

"死的。"她说，没有看我。

回到家后，微微把卖手套的钱和卖中药的钱摊在桌子上开始数，总共四十七元，刚刚够一个月的生活费。她眉头皱了皱。甘蔗从口袋里掏出一把票子，加进钱堆里。微微立即把它们拣出来塞还给他。"不要再这样。"她说，有点气恼。

晚饭微微简单炒了两个菜。在饭桌上她话很少，甘蔗说笑话的时候她只勉强笑一笑。甘蔗走的时候她也没像往常一样送他到大门口。她把碗和盘子端到厨房里，我挽起袖子来洗。

"我明天可以去鱼市看看有没有新鲜的蛤蜊。"我说。

微微摇摇头。

"我可以找一下我的朋友芬芳,他父母认识好多人。"

"不用。"微微把盘子里剩下的一点菜倒在一个碗里,把盘子递给我。

"芬芳让我和她一起去看电影。"我尽量说得漫不经心。

微微端盘子的手停在空中:"什么时候?不是今天晚上吧?"

"是。"我把盘子从她手中拿过来,用沾满了洗洁精的丝瓜瓢洗刷。

"今晚不要去。"她说。

"为什么?"

"天气预报说有暴雨。"

我们知道彼此都在撒谎,问题是谁能赢。

"我带把雨伞。"

"雨伞坏了。"

"我书包里还有一把。"

微微狠狠地瞪了我一眼,"好吧。不过喝了中药再走。"

"喝中药干什么?我又没病。"

"治你的月经。"

"我还没来月经呢。"

"马上就来了。从你脸上的皮肤就看得出来了。"

我哪能赢得过微微?!

我看着她慢慢地为我还没来的月经熬药。她躬身坐在药锅前,手里拿一个木勺搅拌的形象是我儿时就有的记忆。和这个记忆相连的是她把米饭端到桌上,或端给我一碗中药治我的肚子疼,还有她自己依靠在床头像抽鸦片般地喝蛇酒。她是这样做我的母亲的。

中药熬好的时候，已经七点多了。可是我执意要去贵妃酒店，*Luke* 肯定在等我。

"慢慢喝，不要烫了舌头。"微微把盛了满满药汤的木碗递给我。

我边用嘴吹着药汤边尽快喝，尽管烫了我的舌头和喉咙。

"你着什么急啊？"微微说着，眼睛在我脸上打转，"你最近就像只无头苍蝇一样。练书法的时候你不专心，老是对着墙壁发呆，肯定发生了什么事情。"

我又一呼噜喝下一大口药汤。

"不要对我隐藏秘密。秘密是毒药！"

"我没有隐藏什么。"我说，感到嘴唇有点发麻，头也开始晕。

"那告诉我，他在餐馆跟你说了什么？"微微问。

我的困劲儿上来了。"我不知道你问这话什么意思？"我稀里糊涂地说。

"不要相信他说的话，他会撒谎。"

我不知道自己又说了什么，我的脑子好像已经睡着了。

"你让他骑车带过你吗？"她又问。

"没有。"我边打哈欠边说，"他带过别人——芬芳——但是我想……"

"你想什么？"

我不说话了。我仅剩的几个清醒的脑细胞让我意识到微微在我的中药里加了别的东西。她肯定看到我和 *Luke* 了。她也肯定听到 *Luke* 喊叫"七点"了。

我咬住下嘴唇，害怕有什么字从我嘴里溜出来背叛我。

"你是不是想坐他的车，让他带你到处去玩？"她像一根柱子竖在我面前。

尽管我很困倦，她无情地追问还是惹恼了我，"我当然很想了，我……"

"闭嘴！你这个愚蠢的女孩！你着魔了吗？"

微微的声音也许很大，但是我听来却像蚊子嗡嗡一样。我睡着了。

醒来时已经是第二天下午，我肚子很饿，只是不想动，头仍然有点晕。那些蚕蛾在我身边飞来飞去。它们大概是昨晚从蚕茧里破壁而出的。我正要再睡过去时，一个陌生的、轻柔的声音从远处叫我。

"阿梅。"是微微的声音，"好姑娘，吃点东西吧。"她站在我床边，一手端着一碗面条儿，另一只手在驱赶我脸旁的蚕蛾。

看我没反应，她在床边坐下来。她那美丽的、母狼一般的眼睛从来没有这么温柔地看过我。一股难以名状的怒火从我心底升腾，燃烧，侵袭我全身的每一个细胞，威胁要让我整个人崩溃。"你太能撒谎，太可恶了！"我大声叫喊。

微微睁大眼睛看着我，然后，深深地叹了一口气，走出了我的房间，一点声音都没有。

我把头转向墙壁，想平缓我的呼吸。蛾子仍然飞来飞去。那天我在澡盆边救下来的蚕一直在吐蚕丝。它们从嘴里吐出长长的丝，一圈一圈地缠起来形成蚕茧，在竹匾上像一个一个椭圆形的棉球。如果蛾子死在蚕茧里，蚕丝完好无损，是完整的一根。假如两个蚕一起做茧，蚕丝就不能用来做丝绸了，因为它们吐的丝是纠缠在一起的。大多数蛾子会在蚕茧上咬出一个孔，飞出来。

当然，这样的蚕丝是断的，也没有用。这些蛾子拍打翅膀的时候，白色的粉末从它们的身体上掉下来。它们不时降落在纱窗上，好像要逃走，但是窗子是关着的，它们被困在了屋内。

我凝视蚕茧上的洞。洞，左边三点水，右边是同。近来好像我遇到的大多数字都有三点水。同样的水，同样的泪，从微微眼睛里流出来，从我们母女之间的挣扎中流出来，从我们的生命中流出来。是为了同一件事吗？就是微微瞒着我的那件事。

又想，昨天晚上 *Luke* 在贵妃酒店等了我多久呢？

第十三章

在灯下，微微，甘蔗，还有一个衣着讲究的、微微在鱼市认识的女人一起打麻将。打麻将至少要有三个人。微微仔细地研究着面前的十四张牌，斟酌如何出牌。由于集中精力和过分激动，她的面颊泛红。我悄悄从屋里溜出来的时候，她根本没有注意到。

外面，四儿坐在他家的石阶上，用布打磨一个铝锅。锅有一半儿烧黑了。

"我烧煳了锅，烧煳了锅。"四儿嘟囔着。他把布在一堆煤灰里沾一下再擦锅，"不磨亮，妈不给饭吃，不给饭吃。"

三奶总是用饿肚子来惩罚四儿。

"你饿吗，四儿？"

"饿，饿。"

"我带你去街上吃西瓜，回来我和你一起擦饭锅。"

四儿马上扔掉抹布，"西瓜，吃西瓜。"

我抓起他的手，把他领到桑树下，"看着我，仔细听我说。"

四儿瞪大眼睛看着我。

"我要你到我家去，跟微微阿姨说这些话：阿梅和我要到街上吃西瓜。不多一个字，不少一个字，你能记住吗？"

"记住。记住。"

"说一遍我听听。"

"阿梅和我要到街上吃西瓜，吃西瓜。"

"真聪明。"我看着四儿走进我家，然后在桑树下等他。五分钟过去了，还没见他的影儿。或许他看麻将忘记我了，或许他说漏了嘴，微微在审问他？

我正想回家，四儿出来了。

"微微阿姨怎么说？"我问他。

"微微阿姨说和了，和了。"

"她说别的了吗？"

"没说。没说。"

我放心了。微微赢了麻将，她在胜利的时刻忘记了起疑心。

我带着四儿从小巷出来，走进布满夜灯的大街。晚上的人几乎和白天的一样多，散步的，吃西瓜的，逛小摊儿的。西瓜摊到处都是。

"保熟保甜，不甜不要钱！"每个卖西瓜的都这样吆喝。为了守住自己的摊位，晚上他们就睡在西瓜堆里。

我们走过两个西瓜摊。摊前的桌子上摆着切好了的西瓜，红瓤的，黄瓤的，惹得四儿一直流口水。快到井街口的时候，我们在一堆西瓜前站住。摊主拿起一个西瓜，边把耳朵贴上去，边用手指敲，"这个肯定又熟又甜，"他说，"不然白送你们吃。"

他用刀切瓜的时候，西瓜发出"咔"的响声。"哈哈，俺从来没选错过。一听就是又熟又甜。"卖瓜的得意扬扬地说。

由于太激动太紧张，我吃不下去。四儿一下吃了三大块，瓜汁抹得满脸都是。

"走，四儿，我带你去一个好玩的地方。"我拽他走，"再吃肚子就爆开了。"

一走进井街，就听到很响的西方流行音乐从门面大敞的商店里飘出来。在店主的监视下，人们在翻看杂志，挑选磁带。一个穿超短裙的年轻女人，可能是服装店主人，站在门口好奇地看我和四儿。我低下头，尽量不去看别人。

走过几家电器店，我们来到酒店。红门面上用草书写着"贵妃"二字，清晰优雅。从半透明的窗子看进去，里面的人影隐约可见。

"四儿，在我前面走。"我轻轻推了他一下。

他听话地把门打开走了进去，我跟在后面。

里面几乎满座，男顾客多于女顾客。空气中烟和酒的香味混在一起，喝酒的人说话声音很大。我觉得好像到了一个不是我应该涉足的地方。我悄悄观察了一下，发现 Luke 坐在最里面。好像有电磁感应，他马上抬头看向我，朝我招了招手。

他自己独占一个长桌，桌上有一瓶酒、一只杯子和一盘炒花生。

"对不起，上次我没能来。"我说，"妈妈要我帮她做中药粉，她急用。"

"没关系。'贵妃'为你留下了蛇酒。"他指了指对面的座位，"坐吧，你来了我太高兴了。"

我坐下来。四儿站在我身边，盯着 Luke 看。也许这是他第一次和一个外国人面对面。我拉他坐在我身边。

"贵妃"很快过来了。她看上去三十几岁，细长的眼睛，弯月眉，脸上挂着很悦人的微笑。我想她的美貌和杨贵妃不会相差多远。

"姑娘想喝点什么？"她含笑问我。

"我不知道，不会喝。"我窘迫地说。

贵妃毕竟是酒店老板，会招呼顾客。"我有一种比较温和而且可口的酒，最适合你这样的年轻姑娘。"她说着，又询问地看看正在抠鼻子的四儿。

"这是我的邻居。"我赶快解释，"我带他出来吃西瓜。"

贵妃即刻明白了眼前的情况。"我也有你最喜欢的东西。"她对四儿说，并拉着他的手，把他领到一个角落的单座。然后她给他端来一盘小吃，四儿马上就吃起来。

贵妃给我拿来一个长颈酒瓶，像石头做的花瓶，上面印有开满黄花的桂树。

"这种酒对你的皮肤好。"她说着，熟练地把琥珀色的酒倒进一个玲珑的瓷杯里。

贵妃在 *Luke* 身边坐下。"有一个关于桂花酒的神话。"她说，"古时候有一个伐树人叫吴刚。他喜欢桂花树，从来不砍伐它们。一次他冒犯了天帝，被命令去砍月宫的桂花树。他的斧子劈下去，可是桂树随砍随愈合永远砍不倒。"

贵妃拿起酒杯递给我，"桂花酒可愈合所有的创伤。"

我想贵妃是否针对卖的每种酒都有一个故事，像微微中药方的故事一样。听了她的故事，顾客会更喜欢喝她的酒。

"喝一点，看是不是上口？"她对我说。

我抿了一小口，有点甜，又有点酸，还从来没喝过这样的酒。"就喝这个吧。"我对贵妃点点头。

"慢喝。"她说着从座位上站起来。"没人会打搅你们。这里的常客都知道这个座儿是 *Luke* 和他的酒友的。"

"酒友？"贵妃离开后我忍不住问 *Luke*。

他今天穿了一件小方格短袖上衣，第一个扣子照例没系。"老赵。不记得了？" *Luke* 说。

"食堂老赵，常给我留菜，我当然记得。"

"你最近吃了不少猪肉吗？" *Luke* 笑着说，认真看了看我，好像看我是否因为吃了猪肉身上长了些肉。

"是的。"我说。其实我只偶尔去麻烦老赵。

"贵妃真美。"我说。

"是。" *Luke* 说，"她很能干。这原来是一家小布店，她买下后装修成了这个漂亮的酒店。"

"你什么时候学会了喝中国白酒？"我问。

他说："一来中国就开始喝了。我十六岁时，我爷爷偷着给我喝威士忌。他有两个嗜好，喝威士忌和讲故事。我没学会讲故事，但学会了喝威士忌。"

"听说威士忌是烈酒。你肯定喝醉过。"我逗他。

"当然。但在这个酒店里从没醉过。这里没人喝醉，因为贵妃知道每个人的酒量，谁喝到恰到好处时，她就不再让他喝了。"

"这么好心啊，关心顾客，不是一门心思赚钱。"

"其实这是贵妃的聪明之处，知道你喝多了瘫在座位上一睡，就没有座儿给后来的顾客了。" *Luke* 笑起来。

我换了个话题。"想听一个醉鬼的故事吗？"没等他回答，我就讲起来，"唐朝有个诗人，嗜酒。一个中秋日，他邀请月亮和他一起在池边喝酒。喝醉后，看到月亮掉进池里，他跳下去救，结果把自己淹死了。"

Luke 开怀大笑。我拿起酒杯喝了一大口，不知不觉就把一杯喝干了。桂花酒的甜味遮掩了酒精味，使你不知喝了多少。我放松了。

"你在这里见芬芳了？"我问。

"见过她一次。"

"她和你一起喝了吗？"

"没有，" *Luke* 说，"她和表妹在逛商店。"

"噢。"

"很高兴看你喝得开心。"他替我倒满了酒杯，"我以前说过，你有点太严肃。我很想看你笑。你这个年龄的女孩应该很快活，像——"

"像芬芳？"

"她很快活，不是吗？"

我怎会像芬芳？她有有钱的父母，生活那么优越，尽管是继父，也比没有父亲强。"我但愿自己像芬芳那样，既快乐又——"

"轻松。" *Luke* 替我把话说完。

我开始受不了了。

"看，你又严肃起来了，还有点伤感。"他的眼睛在我脸上搜寻。

"我这样是遗传的。"我端起酒杯，一饮而尽，"你不喜欢就别看我。"

"我看你是不由自主。"

桂花酒很快使我头发晕，也使我失去自我意识，越喝我越感觉自己好像在空中飘。

"嘿，喝慢点。" *Luke* 挡住我伸向酒瓶的手。

我把他的手甩掉，"你不要管我，你对我没有威力。"我倒满杯子，又一次喝干。

"你这样说话挺有意思，不过你不能再喝了。"*Luke* 抓住我拿酒杯的手，"不然贵妃也会阻止你了。"

我从 *Luke* 手中使劲把自己的手抽出来，结果酒杯滑落摔在桌上。我把额头放在桌面上，忍住不让眼泪掉下来。

贵妃果真马上就过来了，"带她到后面花园里呼吸一下新鲜空气。我去沏一壶浓茶给她解酒。"

Luke 绕桌子来到我这边，拿起我的手要把我拉起来，但是我执意不动。不料他猛一下把我抱了起来，到后门口时，一脚把门踢开，走进了后花园。他让我坐在一个石凳上，他自己坐在我身边，一只手仍然搂住我以防我歪倒。

就这样我们沉默着坐了好久，只有鸟儿在树枝上和草丛里弄出响声。周围，翠绿茂密的花草挨墙长满，花园中心是一个池塘，有浮萍浮在水面，池边一个拱形木架，上面爬满了黄花。

"我真的不是有意让你难过，阿梅。——很晚了。"他说，"你妈妈会担心的。"

"恐怕她担心也太晚了，让她去担心好了。"我说，"如果她像猫一样有九条命，她已经把九条命都担心死了。"

"哪天我想听你讲讲你妈妈。"

"你没有必要知道。"

"我想通过她来理解她的女儿。"

贵妃从后门出来，端着一个茶盘，上面有茶壶、茶杯。

"让我来。"*Luke* 接过茶盘。

贵妃温柔地对我笑笑，又离开了。

Luke 让我几乎喝完一壶茶才罢休。浓茶，新鲜空气，我醒

了。*Luke* 站起来，随手拉我起来，把我带回屋内，找到了还在吃零食的四儿。

"该回家了。"我说。

四儿又从盘子里抓了一把小吃才站起来。

"你玩得开心吗？"*Luke* 用中文问他，拍了拍他的背。

"开心，开心。"四儿边说边吃。

Luke 送我和四儿回家，他和我走在前头，四儿在后面跟着。路上寥寥无几的行人好奇地扭头看我们。

来到小巷口我停下来，担心有人会看见我和 *Luke*，然后传到微微耳朵里。我抬眼看 *Luke*，想说什么，可是找不到合适的词。

"你现在是什么心情？快乐？悲伤？"*Luke* 小心翼翼地问。

"快乐，也悲伤。"我仰望着他。

"既快乐又悲伤？"*Luke* 显得有点不安，说，"你下次向我解释，现在晚了，快回家吧，我看着你。"他匆匆，但是紧紧地拥抱了我一下。

我很不情愿地转过身开始往小巷里走。四儿被围着路灯打转的蛾子吸引住，我拽了他一把。一边走，我一边回头，看到 *Luke* 站在那里一动不动，像一根铁柱，又直又坚实。

突然听到一只鸟在头顶上的树枝里叫，声音很让人陶醉，欢快中有淡淡的伤感。我想也许夜莺是这样唱歌的。我从来没听过夜莺的歌声。

第十四章

走进院子，我还在想 *Luke*。

我挡住正在往家走的四儿，说："别告诉你妈见到了外国人，听见了吗？"

"听见了。听见了。"

我看着他回家，那个烧焦的铝锅还在台阶上，不去管它吧，明天自有解释。

微微坐在桌边，头枕在放在桌子上的双臂上。她面前有一个砚台、几块墨石和一杯水。听到我进屋，她慢慢抬起头来，落地灯下我看到她额头上压出的褶皱，不知她这样睡了多久。

"对不起，太晚了。"我说。

"你去哪里了？"她问。她的眼睛一眨不眨盯着我，但她的脸却显得很疲惫，几乎有点绝望。

"我和四儿在外面吃西瓜。"

"在哪里吃西瓜？"

"一直跑到芙蓉街，那里的西瓜好。"我说了一个较远的地方，以示要走很久。

微微开始揉搓自己的头。"我要睡了，头皮紧得要爆开。"

两手捂住头，她缓慢地走向卧室，好像拖不动腿。

　　也许是因为昨晚喝了酒，今天早晨起得晚。我穿好衣服，想到微微房间看一眼。结果我惊奇地看到微微仍然坐在桌边，好像一直没离开过似的。她对着面前的砚台发愣，一会儿，她开始往里面加水，洒到了桌上一些。然后她拿起一块墨石，开始研墨。一开始她有点犹豫，好像忘记了怎样研墨。这样过了一会儿，她逐渐越研越快，越来越有劲，以致我能听到墨石在砚台上的摩擦声，不由起鸡皮疙瘩。由于用力过猛，她肢体扭曲，还没研完，已经弄断了两块墨石。她机械地继续研，好像被施了什么魔咒。

　　我一时不知如何是好，就一直看着她。墨汁从砚台里溅出来，溅到她身上，她好像才被解脱出来，一手拿砚台，一手拿毛笔，站起来往卧室走。墨汁从倾斜的砚台里流出来洒到地上，在她身后留下一串墨迹。她全然不知。

　　我赶快用抹布去擦墨迹，但是墨汁很浓，很难擦干净。

　　微微开始在她房间里打嗝，我赶快过去，看到她坐在梳妆台前，后背朝我。

　　我走近她，站在她身后。她没理会我，手里拿着一个丝绸包。她打开丝绸，拿出一沓照片，放在梳妆台上。然后她拿起第一张照片，上面是一个被包得严严实实的婴儿，大概是我。

　　下面两张是不同年龄的我，其中一张里，一圈一圈的黑发从帽子里逃出来，帽子是微微自己织的，还保存着。

　　微微呆看了一会儿后，拿起那支毛笔，蘸满墨汁，开始对我儿时的照片下笔。儿时的我慢慢地在她熟练而又坚定的笔画下消失，先是那些不听话的从帽子里挣脱出来的卷发，再是帽子、胖胖的脸、纤细的胳膊和腿。她拿起下一张：我坐在小推车里，她站在边上，腰弯下去，好像在用身体保护我。这一张也在瞬间被黑暗淹没。微微手中的毛笔像一条鞭子抽打我，抽打她自己，直到照片上只见黑块不见其他形状。

此时此刻微微多么恨我啊！她宁愿我真的不存在吗？我忍不住想冲她大喊，但我大脑里残余的一点理智提醒我：在这种情况下我要控制自己！

我大多时间做得到，因为这是我从儿时就练就的一个本领。

没有父亲的照片。

最后一张照片面朝下，微微去拿，手却停住，缩回，好像怕触摸它。她突然转过头来，眼睛瞪着我，目光里有迷茫、惊讶、恐惧，甚至仇恨。我转身离开。

我房间的窗子关着，屋内空气陈腐、燥热，可我却在发抖，感觉冷气从脖颈后沿着脊柱往下渗。我趴到枕头上哭起来，哭了不知多久，直到手指头僵硬发麻。我要平静下来，不然会晕过去。我坐到我的小书桌前，拿起笔开始写，笔画相连，交错，聚合……

我躲在自己房间里，直到肚子饿了，去厨房时，看到微微蜷在沙发上织毛线。看到我，她没吱声，低下头继续织。她的手指动作很快，竹针发出清脆的、急促的响声，使我想起京剧开场时的鼓点。

现在不是问关于那些照片的时候，问，她也不会告诉我，至少不是真情。何况她低着头，长长的眼睫毛像密密的竹帘一样，把我挡在外面。

我在厨房里找吃的，通常微微会把早饭放在炉子上保暖，但今天炉子上只有那个铁炉盖。我打开碗柜，只有半碗剩米饭。看来微微没有做饭，我往米饭里倒了点暖瓶里已经不热的开水，滴了一点酱油，香油瓶空了。照样吃，又不是没吃过。

吃完泡饭，我准备练书法。微微停住织毛线的手，抬起头来，脸上竟有了笑容。她的情绪好像做了一个急转弯，我却无法释然，预感她此刻的平静是暴风雨的前兆，更大的风暴正在天空翻滚而至。

"好姑娘，去给妈妈熬一服药吧。"她说，声音柔和，甚至亲切，"配方我放在了厨房里，假如不头疼我就自己熬了。"

"我马上给你熬。"我赶快说。

我拿着药方，在微微的药柜里找药材，一个一个打开那些微型抽屉，最后一个成分——千脚虫，在最下面的抽屉里找到，称过后，倒进黑陶瓷中药锅里，往里面加了两杯水。蜂窝煤燃烧缓慢，熬药最好。为了拖时间，延缓"暴风雨"的到来，我又加上一块煤，火更小了。药锅开后，我用木勺搅拌，熬30分钟就好了。我把药汤倒进木碗，剩下的作为第二剂的量。

我回到客厅，把热气腾腾的药碗端给微微，"喝吧，但愿我熬得还好。"

"当然好，你这么聪明。"她的声音有点浑浊。

微微端着药回卧室后，我写字的冲动又上来了。奇怪的是我拿不起笔来，不知呆呆地对着白纸坐了多久，突然听到从微微卧室传出的动静，不像打嗝，也不像抽泣，倒像呻吟。我即刻来到她房间，见她侧身躺在床上，右手软软地搭在床边，左手捂着肚子，两个枕头扔在地上。

"怎么了？哪里疼？"

"宫痛。"

我意识到她让我熬的药不是她惯用的方子，是她自己配治的方子导致她宫痛，她的中药历来是她击败女儿的武器。

"上周你用你的药毒了我，现在你又骗我毒了你自己，我们俩扯平了吗？你到底要怎样？"

照旧，她不回答我的问题。

"昨晚发生了什么事？你喝醉了吗？快说实话，我很疼。"

我没有说任何话，只有怒火，从内心燃烧到太阳穴。

"四儿说，他在一个地方吃了油炸知了，一个涂了脸的阿姨给他的。阿梅和一个黄头发坐在一起。"微微说得费劲儿，每次短促几个字往外蹦。

"他妈猜是贵妃酒店。"她继续说，额头上开始有汗珠。

三奶和微微尽管互相是眼中钉，却联合起来整治我。

"到底发生了什么事？"她又问。

"什么事也没发生！"

"我不相信，酒后什么都会发生。"她说，又痛苦地呻吟起来。

"回来的时候，Luke 抱了我一下，只是道晚安而已。"我说，知道再坚持说什么都没发生她绝不相信。

她用手背擦去额头上的汗："你爱他吗？"

"我不知道。"

"他爱你吗？"

"这我也不知道。"

我的两个回答都是实话，因为我甚至不知道她为什么要这样问。

"他会毁掉你！"微微艰难地说，"听我一句话，他不是你想象的人，他为了赢得你的信任而诱惑你，然后他会说谎，然后他会……"

　　她没再说下去，她想坐起来但没成功。

　　"阿梅，不要再见他了。向我发誓，求你。"她又重重地呻吟了一声。

　　这一切是她设计好的，用自己的疼痛来哀求我，要挟我。

　　"如果我允诺，你要回答我一个问题。"

　　"你先允诺。"

　　"我发誓。"我说，反正在这个家里发誓后反悔也不稀有。

　　她把两只手都捂在肚子上说："问吧。快点。"

　　"我爸爸到底是谁？他在哪里？"

　　"他早走了，我不知道他在哪里。"她仍在重复以前的话，一个字也不多。

　　"你为什么这么恨他？"

　　她又开始呻吟："别问了，阿梅，问下去我们都会疯掉。"

　　她闭上眼睛，拒绝再说一个字。

　　我去拿了一块冷毛巾，为微微擦汗。我强忍着不崩溃，眼泪涌到眼眶里，我硬把它逼回去。我替微微擦完汗就离开了。让她去疼吧，时间会减轻她的疼痛。

第十五章

我在图书馆二楼学习，屠辅导员从天而降。"我要和你谈话。"他说，声音在安静的图书馆里很响。

我只好在其他人的注视下跟他走出去。他在一棵树下停住，一只手撑在树干上，重心落在一条腿上。"你太让我失望了。"他摇摇头说。

我像石头一样站着，努力不让脸上露出任何表情。

"上周六晚有人看到你和 Luke 先生在酒店里喝酒。"

我目瞪口呆，他怎么会知道？我这次很谨慎啊。我看不出他是为我的行为愤怒，还是为捉到我而幸灾乐祸。他仅一句话就加于我三项罪行：见了 Luke，喝了酒，去了"黑街"。

他这样直接，不容我思考，直觉告诉我不能承认。我说："你搞错了。"

"芬芳看见你了。"他说，疤脸上有得意的笑容。

这更使我吃惊，那天晚上难道芬芳也在井街？她怂恿我去那里见 Luke 是为了之后告密吗？她会这样恶毒地背叛我吗？

"我不相信。"我说，抓住他可能唬人的一线希望。

"你还带了一个傻子。"

他真的知道了。

"你还有什么话可说吗?"他装模作样又很夸张地叹了一口气。

我什么也不想说,知道他已经判了我的刑。

有些从图书馆里出来的学生好奇地看我们,两个女生在耳语,我不知道他们是否听到了我们的对话。

"你不再是英语课代表了。"他眼睛一眨不眨地看着我,等着看我被这个消息打击得多悲惨。

我此刻不是悲惨,是绝望。"这太不公平,我作为课代表,工作得那么努力。"我恨自己音调里有祈求的味道。

"已经决定了。"他说完转身走开。

我呆呆地站在原地,看他消失。

德伟抱了一摞书从我旁边走过,"阿梅,怎么像个电线杆子站在那一动不动?来,和我一起走吧。"

我不知不觉地跟着德伟走,他喋喋不休地说话,我却什么都没听见,不停地在想我已经不是课代表了,而且在担心自己会不会被踢出示范班。我可不能被踢出示范班,为此我尽了最大努力,微微也一样。为了我的前途,她受了多少苦,遭受了多少白眼和羞辱。

我不小心碰到一根伸出来的树枝,刮了脸,我用手捂住脸,不由得抽泣起来。

"让我看看。"德伟说,"只轻轻划了一下。小娇气。"

"很疼。"我说,他怎会知道我为什么哭。

头顶上,云彩在夜空游来游去,不时粗鲁地遮住只有半个的月亮,使她模糊,挫败她要闪亮、被看见的初衷。

芬芳背叛我的动机第二天就不问自明了：她取代我成为英语课代表。她把 *Luke* 的留声机搬到教室，给学生发 *Luke* 的讲义。从她轻盈的脚步和喜悦的面部表情不难看出她在享受成为聚焦点和自己想象出来的优越性。

我准备等下午下课后找她对质，但没找到她。晚饭后同学们去图书馆后，我在宿舍发现她独自一人藏在蚊帐里面。

"我要问你件事！"我站在她关拢的蚊帐外面说。

"你吓了我一跳！"她说，"什么事啊？等明天好吗？"

"我等不了！"

她打开蚊帐，穿着一件睡袍，眼睛又红又肿，显然刚哭过。

"你为什么要告诉屠辅导员？"我问。

"什么？"

"你很清楚我在说什么。"

"哦，请你千万别生我气……"

"我以为我们是朋友，没想到你会这样背叛我！"

"对不起，只是……我可以以后做解释吗？我现在必须为明天的课做准备。"她示意放在膝盖上的书。

"我现在需要知道！"

"我知道你很生气。"她低下头说，"我很对不起你，可是我继父对我要求太苛刻，他要我什么都领先，认为这样我的机会就会比别人多，近水楼台先得月。"

芬芳的眼圈开始泛红："他恐吓我，阿梅，我很害怕。"

我记得和她在澡堂洗澡时曾谈及她继父。尽管我同情她在家的遭遇，可我仍然觉得被她伤害了，更何况，她肯定自己也有意"先得月"，靠拢 *Luke*，我出于自尊不想戳破。

"你能原谅我吗，阿梅？"

"让我怎么再信任你呢？"

"我是你的朋友，再也不会让任何事情来把我们分开。"

"噢，是吗？"

"我刚才的话是真心的，对这件事我已经很后悔了，我周末带你去看电影吧？"

"不想去。"

"刚出了一个新电影，你会喜欢。"

"听说了，我和别人一起去。"

"谁啊？"

我瞪了她一眼。

"哦，好，下次吧。"她向我伸出手来。

我不去握她的手，也不再说什么，转身离开了宿舍。此刻我不想学习，也不想读《简·爱》。我需要静下来好好想一想。

我走出宿舍，路过大餐厅，有几个建筑工人在一天最后的几缕残阳里修补墙壁。我想起 Luke，自从那天晚上后，我就再没跟他单独见过面。我一直盼望他来找我，可是他没有出现。

不知不觉来到了教学楼前，这会儿他不会在办公室的。我继续走，无意识地来到校园东边教职工的居住区。

躲在远处一棵树下，我仰望着那座 Luke 和别人合住的二层小楼房，它像外国电影里的建筑。宽宽的石头台阶，铁门，阳台是半月形的，窗子也呈弧形。房子周围草木环绕。这是一个充满生机的寓所，同时也给人一种隐蔽和神秘的印象。

这座小洋楼与周围其他住宅形成鲜明对比，其他宿舍楼中，居民们挤在很小的空间里，连邻居家在锅里炒菜的声音都能听到。

听说校领导把外国人安排在这个楼里，是刻意表示友好。*Luke* 住在二层，楼下住着年迈的教学医院的前院长和夫人。

我强迫自己不再看 *Luke* 的漆黑的窗子——他肯定不在家。我走开，漫无目的地走，直到发现自己到了排球场，我绕过去，来到了槐树林——一个隐蔽的地方。

走进槐树林没有几步，我就听到好像有人在说话，声音很轻，听不清他们在说什么。不想窥探他人的隐私，我想转身走开。正在这时，一个声音传出来，这次比较响，我能听出是一个女人很激动的声音，这个声音再熟悉不过了。

她说的句子很短，很急，隔着树丛很难听明白。她停顿了一会儿后开始哭泣，哭声很闷，她肯定在用手捂自己的嘴，这种窒息的哭声也再熟悉不过了。

迄今为止，微微从未来过校园，何况又是晚上，在隐秘的树林里哭泣，旁边还有一个男人。

我看不到他的脸，因为他背对着我，但是我不需要看他的脸，他的身影太熟悉了。他站在草丛里，两手插在裤兜里，在弱小的微微的身边像一只老虎。然而此刻，我就算看到一只老虎也不会比见到 *Luke* 更吃惊！

这个世界怎么了？我震惊得不能思考，好像脑袋突然成了一个空洞。我不由自主地向他们靠近，但是直觉又让我止步，来观察接下来会发生什么。

微微停止了哭泣，用手绢擦着眼睛。*Luke* 说了什么，伸出一只手，好像要去拍她的肩膀，这是他抚慰人的习惯动作。但是微微突然强硬地转过身去，往树林深处走，很快我就看不见她了。我赶快跑到槐树林北边，希望她从那边走出来时正好碰上我。

但是我晚了，看到她时她已经走向大门，她的背影在夜雾中显得更纤小了，好像很脆弱，很老。

我犹豫是否去追她，假如在这种情况下她看到我，她会感到震惊。

我转身又跑回槐树林，但 Luke 已经不在了。

第二天早晨，为了去见 Luke，我逃掉了党史课。在走廊里，没想到他从后面叫我："阿梅，请到我办公室来一下，我有话和你说。"

我跟他来到五楼。

"你好像很不高兴。"他观察着我的脸说道。

我没说话，走进他的办公室。他把门关上，说："告诉我，你近来不好吗？"

"好。"我撒谎。

"我一直在担心。"他说着审视我，好像在判断我是不是说了实话，他此刻失去了往常的镇静，有点烦躁。

"那天晚上我把你们送回家后，你睡得好吗？"

"好。"我继续撒谎。

"没和你妈妈有不愉快？"

"她有点不高兴而已。"

"那我就释然了。"他说，"告诉我，为什么你不是课代表了？怎么换了芬芳？"

"她向屠辅导员汇报了我在贵妃酒店和你一起喝酒的事。"

"是这样！她威胁你？"

我点点头。

"芬芳为什么那样做啊？就为了要做课代表吗？"

"也为了接近你，她喜欢你。"我故意说。

"不会的。"Luke 笑了笑。

"那已经不重要了。"我脱口而出，"我昨晚在槐树林里看到你和我妈妈了。"

他挑起浓浓的眉毛，使他额头上的褶皱更明显。

"噢，是吗？"他的声音轻得几乎听不见。

"到底是怎么回事？请告诉我。"我尽量控制自己的声音。

Luke 躲开我的眼睛，慢步走到窗前，往外看了一会儿，然后转过身来，"你妈妈来找我。"

他的声音仍然很轻，有点沙哑。

"为什么找你？她都跟你说了些什么？"我问，但我心里已经猜到答案了。

"她要我远离你。"

"你怎么说？"

Luke 站在窗前不动，"我能说什么呢？她很难过。"

微微，尤其是哭泣的微微，可以挫败每个人，我极力忍住不让眼泪掉下来。Luke 靠在窗子上，好像窗子是他的堡垒，似乎他只要往前走一步就会摔倒在地。

"有些事情你不理解。"他说，声音从没像现在这样不稳实。此刻，他一贯的自信荡然无存。

"什么事情？"我问。

"你母亲……也许有一天我能够向你解释。"

"没什么可解释的。你是一个胆小鬼，就这么简单。"说完我转身离开，不然会控制不住自己。

下楼梯的时候，我在想 Luke 没有告诉我他和微微见面的全

部实情，和微微一样，他也有事情瞒着我，整个世界在谋划如何
愚弄我。

　　我没去上解剖课，直接回了宿舍。坐在桌前，我准备学习解
剖里的骨骼部分，但是好长时间过去了，我还没打开书，一直在
发愣。最后我只好放下书，爬到床上，打开床头的壁橱，拿出上
次在庙会买的八卦图。

　　图的上方写着：……有些组合意味安全，有些警告大祸来
临，有些指示你原地不动，有些催促你赶快转移，有些怂恿你去
打拼，有些建议你投降。八卦图里错综复杂的线条和组合让我眼
花缭乱，挑战我的理解力。我哪儿知道它要我去打拼什么？和谁
打？还是要我投降？我怕假如我选择错了，就会有灾祸降临。不
管我和 Luke 之间发生了什么，必须终止，扼杀在摇篮里，像盆
景那样，扼制它的生长，以适合摆在桌面上。

第十六章

周六下午，我待在我的房间里翻看杂志，写字——不如说发愣，乱画。浪费了好多纸后，我到院子里，爬上了桑树，藏在茂密的枝叶里，聆听桑叶在微风里发出的沙沙声，仰望天上的晚霞变换花样，直到微微叫我去吃晚饭。

"你不太高兴，没有哪里不舒服吧？发生什么事了吗？"她问。她当然观察到了一切，感应到了一切。我呆看着眼前的碗。

"什么也没发生，"我抬头看着她，"注定不会发生，这不是你的愿望吗？"

她低下头，下意识地用筷子搅她碗里的面条。

我还没有拿起筷子，"我知道你去校园见 Luke 了，你祈求他还是恐吓他了？"

她没回答，用很长时间吃下去一口面条。然后说："我要给你讲一个故事。"

"先告诉我你对 Luke 说了什么。"

"我只告诉他不要靠近你。"

"就那么简单？你没说别的吗？"

"没。"

她跟 *Luke* 说了什么已经无足轻重了，我端起碗来，喝了几口面条汤，嘴里弄出很不雅的响声。微微假装没听见。

"你听说过月老吗？"她问，声音比刚才轻。

我摇摇头。

"这是每个女孩都该听的故事。"

显然这不是她给讨要药方人讲的故事，但她的目的是一样的——治疗。

"故事发生在古代。"微微开始讲，"有一个书生，父母早逝，他成年后要靠自己成家，一个朋友给他介绍了一个商人的女儿。朋友要他在黎明时去庙里见那个商人，书生心切，来到寺庙时天还没亮。月光下一个老人正坐在庙门槛上读书。书生走近他，看他在读什么书，却吃惊地发现那书上的字他一个也不认识。

"'老先生，'书生鞠了一躬，'天下的书我几乎都读过，我怎么读不懂您的书啊？'

"'你当然读不懂。这是天书。'老人说完大笑。

"'天书？那么先生是从天上来的，到人间何故？'

"'我是月老，专管男女婚配。'

"书生听了很高兴，便向月老请教：'朋友给我介绍了一个商人的女儿，您认为这是好姻缘吗？'

"月老摇摇头。

"'为什么？'

"'你未来的妻子现在只有三岁，十八岁时会嫁给你。'月老说着指一指脚边的布袋，'看到里面的红线吗？你们一出生我就用红线连接你们的脚，长大后你们就会成为夫妻。'

"书生紧张起来。

"'我已经把你的脚和你未来的妻子拴在一起了。'月老说,'到别处找也没用。'

"'我的妻子在哪里?她出生于什么样的家庭?'

"'看到拐角那里的鱼店了吗?店主的女儿就是你未来的妻子。'

"书生很失望,自己的妻子竟是一个穷鱼店店主的女儿,他想和月老争执,但老人已经不见了。书生想那老人定是个疯老头,胡说八道,不必理他。他继续等那个商人,但是商人没有露面。书生开始慌了,也许老人说的是真的?他要去那个鱼店亲眼看一看他未来的妻子。他看到了店主,秃顶,穿了一件沾满血迹和油渍的牛皮围裙;一个穿得很破的小女孩在店里玩,脸很脏,流着鼻涕。

"这就是我未来的妻子?书生很生气。我是文人,一个鱼店店主的女儿怎和我门当户对?他回到家,雇了一个杀手去刺杀小女孩,希望她不在世后,月老不得不重新给他安排一个妻子。

"十五年过去了,书生还没成婚。那年他当了官,另一个官员把自己的女儿嫁给了他,他很满意自己年轻美貌的妻子,她总是在眉间贴一朵花,睡觉也不擦去。

"'你已经很美貌,为何贴花?'他问。

"'我该给你讲个故事了。'妻子说,'我出身富豪,双亲早逝,我被一个鱼店店主领养,三岁那年又被强盗刺了一刀,眉间留下疤痕。后来,我过继给做官的叔叔,我用花来遮掩我的疤痕。'

"他脸色大变,向妻子坦白了是他让刺客去刺杀她的,也告诉了她月老的故事,说月老已经把他们的命运相连,他们无论有什么境遇,无论天涯海角,迟早会走到一起。"

微微讲完后，贴近看我的眼睛，想知道我的反应。

"月老不会把你的脚拴错的。"说这话时，她用筷子在桌上敲了一下，好像给故事下了结论。

"我不懂。"我说，尽管猜到她的意思。

"书生后来做了官。"微微说，"和官员的女儿结亲是天经地义的，他绝不会娶鱼店店主的女儿的。"

她的意思再清楚不过了，*Luke* 是个美国人，而我是一个中国女孩，当然不合适！可我本来也没有觉得跟他是天经地义的一对呀。

"你要等待月老为你选择的人，那是命中注定的。"说完她把筷子放下，好像表示事情本来如此，再没什么好说的了。

"是月老，还是你？"我问。

她不回答。

"那你自己呢？月老为你选对人了吗？"我追问，心里有报复的想法。

"当然了。"

"我爸爸吗？就是墙上照片里那个吗？他怎么不在这里？"

"我已经把一切告诉你了。"说完她把头转向一边，表示无话可说了。

我也无话可说了。

微微讲的故事只不过是神话传说，但是她对 *Luke* 的暗示让我不快，她的话在我心里翻腾，戳弄，撩拨我的心伤。

我放下筷子，说："我也有一个故事讲给你听。"

"什么故事？"微微显得满不在乎。

"我名字的故事，我的真名。"

"我要是不知道那个故事，会给你起那个名字吗？"她端起那碗好久没动的面条汤。

"多数人都知道嫦娥的故事，怜悯她独守月宫，只有一只玉兔相伴，你为什么给我起这个名字？想让我像嫦娥那样永远被隔离吗？"我不禁提高了声音，"如果你想把我藏在月亮里，你就想错了。"

"我让你躲开灾难。"

"灾难？*Luke* 是灾难吗？"

"还会有谁？你要听我的话，等你自己意识到危险就太晚了。"

我和微微停止了谈话，互相对视着，不是熄火，而是冷战。最后，我们几乎同时投降，又拿起了筷子。面条汤已经凉了，一点热气都没有了，但我们假装没注意到，默默地喝进去，固执地咽下去。

微微去了夜市之后，我靠在沙发里漫不经心地翻看《多彩文化》杂志。没心思读字，只看图片：黄河的远景，农妇摘柿子，一只在铁锅里炒茶叶几乎被烫黑的手掌。

过了一会儿，我在热烘烘的房间里感觉到冷，并开始打喷嚏。我大概感冒了，想起微微有一个专治感冒的药方，我起身去找。

所有的药方都存放在药柜底层的抽屉里，找了一会儿才找到感冒药方。关闭抽屉时，另一个抽屉引起我的注意，它是唯一一个上了锁的抽屉，看着抽屉上的雕刻图案，我心想锁后面大概藏有秘密，一个像锁上的铜锈一样老的秘密。

我到处找钥匙，从微微的梳妆台到佛龛，没有找到。我又回到药柜，想到有时藏东西最秘密的地方也是最明显的，因为它违反人的直觉。

于是，我打开底层所有没上锁的抽屉翻找，依然没找到。我又伸手在药柜下摸，最后，我的手碰上了一个凉凉的东西，是一把很精致的钥匙，和锁一个颜色，也有了铜锈。

我把钥匙插进锁眼，没打开。我把钥匙拔出来，用衣角擦了擦铜锈，又插进锁眼，转了几下，只听轻轻的"咔嗒"一声，开了。

我把抽屉小心地拉出来，里面除了一摞药方几乎是空的，我一一拿起药方看，发现最下面的不是药方，而像照片，面朝下，发黄的颜色和不整齐的边角很面熟，这正是那天微微用黑墨涂抹照片时没动的那一张。

我想把照片翻过来，可是犹豫不决，害怕一旦去碰它就会发生什么坏事，比如雷电把房子击塌。

我还是先镇静下来再说，我应该先考虑我的感冒。我开始配药，拿秤的手有点抖，最后我把药倒进一个碗里，拿到厨房。

我扎上微微的围裙，揭开炉盖。火已经灭了，我用铁铲把炉灰铲出，用了一卷报纸重新点火，点着后加上一块蜂窝煤，把药锅坐上。

等锅开的时间我可以去看那张照片了，我洗完了手又犹豫，觉得应该再去加一块煤，这样第一块不会烧得太快，加完煤又去洗手，想想还忘掉了什么……我意识到自己在拖时间，延缓雷电的到来。

终于来到药柜边，跪下来，用两只手捧起那张照片，翻过来。

什么也没发生，更没有雷鸣电闪，只是照片有点让人难以捉摸。上面是两个陌生男人，站在一个看起来挺高档的餐馆的门前，背景是高楼大厦。这可能是上海。照片中的人，年轻的二十几岁，很英俊，站得很直，穿着讲究，头发偏分；另一个不是中国人，而是棕头发灰眼睛的西方人，身着西服打着领带，他比那个中国人高一点，年龄大一些。

我拿着照片回到厨房，药锅开了，我用木勺搅了几下，热气缓缓腾起，像一条蛇。熬好后，我把药汤舀进碗里，端到客厅。

我从围裙口袋里把照片拿出来，边喝药边看。这才意识到那天微微没把照片翻过来肯定是不想让我看到。

照片里这两个人也许是生意伙伴，在上海做生意的外国人很多，也许在餐馆谈好了交易后合影留念。

这两个人怎么会和微微有关系？也许她和其中一人有瓜葛？不然她为什么这些年来一直如此严密地把它藏起来？也许这张照片里有我爸爸的线索。我仔细看那个年轻人，和墙上"爸爸"的照片不是同一个人，他会是我的生父吗？月老就是把他和妈妈拴在一起的？他的年龄符合。拍完这张照片后发生了什么？他到哪里去了？现在又在哪里？

太多的可能和想象在脑子里碰撞，让人难以招架。

听到院子里微微和甘蔗的声音，我赶快把照片放回抽屉，重新锁上，把钥匙回归原处。

我刚在沙发上坐下他俩就进来了，有说有笑，甘蔗拿着微微的包。

"看我们给你带了什么好吃的。"甘蔗说着递给我一个牛皮纸袋。

袋子很热，里面是糖炒栗子。

"在来街买的。"微微把栗子倒在一个盘子里。

她坐下来开始为我去壳，"这些你都吃了，这两天你没怎么吃饭。"

我心不在焉地静坐着，还在想那张照片。

"阿梅，要不要到我的果园帮忙摘桃子？我人手少。"甘蔗问我。

我知道这是微微的主意，她一直在想方设法分散我的注意力，意在让我忘掉 *Luke*。

"好主意，阿梅喜欢吃桃子。"她说，"也喜欢果园，对吗，阿梅？"

我不理睬她。

甘蔗点上一根烟，"喜欢的话你可以带朋友来。"

我想了想："也许吧。"

"带个男同学吧。"微微显得挺高兴，"让他来这儿吃了饭和你一起去果园。"

第十七章

　　第二天早晨，微微和我刚练完字，德伟就来敲门了。我从来没见他穿着这么整齐过——一件小方格衬衫扎在裤子里，跑鞋也是第一次那么干净，头发新理过，很精神。为去果园摘桃子这样穿稍微有点过分。

　　我穿了一件粉红色洗得发白的长袖上衣，一条旧的黑裤子。

　　微微从厨房出来，腰间扎着围裙。

　　"阿姨好。"德伟问好，有点夸张地鞠了一躬。

　　微微满面笑容同时苛刻地打量着他，"午饭好了，去吃吧。"

　　她做了豆腐炖肉、凉拌黄瓜，切了两个咸蛋。她给德伟盛了满满一碗米饭，放到他面前说："你这个年龄的男孩子正是需要多吃饭的时候。"她还给他夹菜。

　　"阿姨也吃啊。"德伟把豆腐稍微推近微微。

　　"你喜欢这个大学吗？"微微问。

　　"喜欢，我从不做不喜欢的事。"他说。

　　"是吗？"微微笑着看了他一眼问，"你父母做什么工作？"

　　"都在税务局工作。"

　　"工作好啊。"微微在豆腐碗里发现了一片肉，夹起来放在德伟的米饭上又问，"你朋友多吗？"

"到处都有我的朋友，阿梅是我最喜欢的。"说着，他用胳膊肘碰了我一下。

"阿梅太任性。"

"她有自己的思想。"德伟说。

"没有吧，我可是循规蹈矩的。"我瞥了他一眼，插话道，"不像有些人。"

微微看到了，但不追问。

饭后，德伟帮助收拾桌子，微微和我到厨房刷碗。

"我不信任他。"微微小声对着我的耳朵说。

"为什么？"我挺惊讶。

她从我手里拿过刚刷好的碗，用毛巾擦干，"一定要听我的，不要和他去果园了。"

"可是你让我邀请他的。"

"我把他支走。"

"不能那样，我要走了。"我摘下围裙。

她抓住我的胳膊，我一使劲抽出来。我赶快回到客厅，催促德伟和我一起离开。微微在身后喊我，我只装没听见。

在长途汽车上，德伟一边喋喋不休，一边指点窗外的农田、农家。我也情绪很高，每次汽车一停，农家孩子们就跑上来，手里高举着水果和煎饼之类的东西卖给车上的乘客。德伟从一个小女孩那里买了两个苹果，把大的递给我。

"我喜欢你的粉红上衣，漂亮。"他边说边把胳膊搭在我肩膀上。

"很旧了。"我说，对他的亲近有点不自在。

　　德伟曾多次邀我和他一起去看电影，我都回绝了。他身上有某种东西我不喜欢，他善于挑逗漂亮女孩子，校内的或大街上碰见的。他过分自信，甚至莽撞。

　　"你和其他女孩子不一样，你知道吗？"他说，"那么神秘。"

　　"你很狂妄，有时冒傻气。"我说，我知道说什么也不会得罪他，因为他太自信了。

　　"我承认，但是在你面前我却像一只小老鼠那样胆怯。"他拍了一下我的肩膀。

　　"你？小老鼠？"我忍不住笑。

　　他的头发不知什么时候又成乱蓬蓬的了，他的一根鞋带松了也懒得系，他那四方脸神色坦然，没藏任何东西，也没在我心中激起任何感情波澜。

　　"我最不喜欢做作的、自我陶醉的女孩。"他说，"芬芳就是那样。"

　　"芬芳不是你的朋友吗？"

　　"算是吧。不过，她取代你当了英语课代表，你还拿她当朋友吗？"

　　"我也不知道。"

　　"她也挺可怜，听说她继父常打她。"

　　我很吃惊，从未想到芬芳的继父会这样虐待她，这也许就是她为什么说"害怕"他的原因，我深感同情，剩下的对她的点滴怨气马上烟消云散了。

　　"不说芬芳了，说说你。"德伟说，"你毕业后想做什么？"

　　"大概做组胚专家吧，我是视觉思维型的。"

　　"你在我眼里就很有'视觉'，懂我的意思吧？"

"你还是用别的词来形容我吧。"

"相思病。"

"什么？"

他看看我说："你是不是爱上 Luke 了？"

我立刻警觉起来，"瞎说，我没有。"我尽量控制自己的声音，"别忘了他是美国人。"

"他显然喜欢你。"

"不可能。再说，他也许在美国有女朋友，一个金发女郎。顺理成章啊。"

"可是她不在跟前，你在。"

"你是这样想吗？"我把德伟的手推开。

"别生气嘛。男人不都是那样吗？"

"但愿你不是那样。"

"我是个诚实的人，我爸爸说我太诚实了，对自己不利。"

我没心思再和德伟谈下去了，在想 Luke 也许有那个金发女友，也许没有。

目的地到了。下车后，我们询问了几个老乡后，找到了临近农田的果园。

"不是很大。"德伟说。

果园里一些果农站在木梯上摘果子。我们走近，我问一个大胡子："甘蔗在吗？"

大胡子没打听我们是谁或为什么找甘蔗，就从木梯上跳下来说："跟我来吧。"

他领我们穿过几行梨树，停在桃林边，指一指一行桃树的尽头，说："他就在那儿。"

甘蔗正在和一个手拿大剪刀站在木梯上的果农说话，他很快看到我们，随即走过来。

"你们来了，好。"甘蔗边说边摘下他的草帽。

"这是德伟吧。"他友好地和德伟握手。

"你比我想象的还高啊。"德伟说，上下打量甘蔗。

甘蔗笑了笑："你可比我壮。"

甘蔗递给我们每人一个筐子："小心别捏桃子，那会伤了它。"

他用"伤"，也许是行话，也许反映他对水果的爱惜。

我和德伟马上开始干活，我喜欢桃子特有的香甜味。德伟不时地选一个桃子，在衣服上擦一擦就吃。筐子填满后，他把它抬到离我们不远的一辆拖拉机上，他干得很带劲。

大约两个小时后，那些在拖拉机周围干活的人邀我们过去歇息。大胡子也在，我们边喝茶边聊天。

"你们是大学生吧？"大胡子问，递给我们每人一杯茶。

"医学院的。"德伟回答。

"当了医生可别忘了我们。"另一个果农说，"找个医生看病不容易啊。"

"你们从梯子上摔下来折了腿什么的，尽管来找我。"德伟开玩笑。

大家都笑了，看得出人们都喜欢他，微微对他判断错了。

我们又摘了很多筐桃子，到了下午，德伟和我有点累了。我们到果园边上一块阴凉地休息，桃皮上的毛毛弄得皮肤发痒，我把手伸到背后去挠。

"让我来吧，你好像够不到。"德伟靠近我。

我把背转向他，他把手放在我背上，从上到下轻轻地抓挠。

"用大点劲。"我说，还是痒。

他的手反而更轻了，放慢了。

"这样不是更舒服吗？慢慢地，轻轻地。"他放低声音，开始悄悄靠近我的脸。

我很不自在，说："我好了，停下吧。"

他不但不停下，反而把手往前伸。

"不要。"我抓住他的手。

"别害怕，周围没人。"他说，另一只手也圈过来搂抱我。

"滚开。"我大声说，想站起来。

德伟狠劲一拉我，我就倒在地上。他立刻爬到我身上，把我压在下面，使我感到窒息。他那么重我几乎无能为力，只能用指甲狠劲掐他的胳膊，可他似乎不觉得。

"你疯了？！马上放开我！"我大声嚷，一边用脚踢。

"这不也是你想要的吗？"他喘着粗气。

"不是。你给我停下，王八蛋！"我继续喊，伸出一只手要打他耳光，但被他抓住，摁在地上。我实在没有力气了，开始感到绝望。

"嘿！你放开她！"一个声音说。

德伟突然止住，随即从我身上移开。我赶快坐起来，才知道是那个大胡子把德伟拖了起来的。我赶快把自己的衣服和头发整理好，手在颤抖，我从来没被如此羞辱过。

甘蔗过来了，"怎么回事？我听到有人喊叫。"

大胡子对甘蔗低声说了什么，甘蔗两步走到德伟跟前，猛然伸出拳头向德伟的脸打去，德伟的鼻子马上流出血。

甘蔗让大胡子回去继续工作，然后走过来："他……伤了你吗？"

"没有。"我浑身哆嗦着说。

他俯下身来，攥住我的两只手把我从地上拉起来，"我送你回家。"

"不能让微微知道。"

"我不会告诉她。"他一只有力的胳膊拢住我。

我忍不住哭起来。

走到果园大门时，甘蔗进到一个休息室或办公室，换下了工作服。我跟着他走到一辆灰色大卡车前，他把我抱上车门边的踏板我才爬了进去。他坐在驾驶座上，头几乎碰到车顶。

"坐好了？"

我点点头。

"都怨我，我应该看着你们的。"

微微看到我和甘蔗一起回家很吃惊："阿梅没坐汽车吗？这么早就回来了，德伟呢？"

我仍然处在惊骇中，甘蔗回答："下雨了，那边的天气说变就变，我不想让他们冒雨等车。"

"你把德伟送回家了？"微微问。

甘蔗稍微迟疑后，点点头说："他快累瘫了。"

微微看了看甘蔗，再看看我，不再问了，她让他留下吃晚饭。

"摘桃儿开心吗，阿梅？"我们坐下后，微微问，用筷子夹了半个茶叶蛋放到我的碗里。

"开心。"再多说几个字我就会露馅了。

"德伟也开心吗？"

甘蔗抢着替我回答："是啊，他很能干。"

微微仔细地观察我："怎么了，阿梅？你好像不高兴。"

"我有点累。"我说，偏过头去。

"多吃点儿。"

甘蔗说:"你干得也挺辛苦。"

我尽量逼自己吃,但不时忘了动筷子,只对着碗发呆。

"你身体不舒服吗?"微微伸手摸了摸我的额头。

"我不饿,在果园吃了好多水果。"

晚饭终于结束了,我抓起书包准备回学校。

"今晚别走了,你脸色不好,明天早晨再走吧。"微微说着抓住我的书包,"早晨让甘蔗送你。"

"好,当然可以。"甘蔗说。

我不争执了,依我现在的状态,我不知怎样面对其他人,我需要时间喘息,平静。我回到房间,爬到床上,拉过一条被子盖在身上,感到筋疲力尽,狼狈,羞耻。呆望着天花板,我回忆在果园发生的那一幕,一遍又一遍。最坏的事终究没有发生,但是很多事情发生了,我不是原来的我了,换了一个人,一个脆弱、苍白、蒙羞的人。

我惊讶微微开始就预料到了会发生坏事并阻止我和德伟一起去果园,我懊悔没听她的。也许对其他事情她也有预感,比如对 Luke。这个想法震撼了我,我赶快把它赶出我的大脑。

今晚睡不着了,我坐起身来,随手抓过写字本和铅笔开始乱写,只求平静一下。低头太久脖子酸了,我抬起头来,视线落在床脚的一本《半边天》杂志上。

我开始写"天",一横,两横,一撇,一捺。

最后这一捺很关键,它与一撇中间相接,往右伸展使得整个"天"平衡与和谐。一撇一捺还单独组成"人"。

我不能让果园里发生的事击垮我,我必须要忍受它,驾驭它,好像这件事从来没发生过!

第十八章

在学校我极力避免和德伟碰面，看到他我就有想呕吐的感觉。在校园里看见他，我马上走开，如果他在餐厅吃饭，我就回宿舍吃。他也知趣，不来接近我。其他时候他仍然无忧无虑，没心没肺，好像什么事都没发生过。

在果园发生的事我对谁也没说，让它烂在肚子里吧。

下了组胚课，我们去解剖室。下台阶时，牛姐碰了一下我的胳膊，"那边有人在看你，冬青旁边。"

我看过去，很吃惊地发现甘蔗站在那里，我马上紧张起来，因为从来没见过他到学校来。为什么是他来找我？微微在哪里？

我向他跑去，我看着他，没敢说话，等待坏消息。

"你妈妈住院了。"

我等待更坏的消息。

"她已经稳定了，我想你应该去看看她。"

"她怎么了？发生了什么事？"我和他一起往大门口走去。

"那天你走后，我把果园发生的事告诉了她，她反应很激烈，不停地呻吟，然后大叫，我想安抚她，她不让我靠近，好像不认识我。没办法，我只好送她去医院。"

"我不是说不能告诉她吗？"我责怪地说。

甘蔗说："可是她看出我有事瞒着她，不光很不高兴，还焦虑不安，我只好告诉她。她回到卧室好久不出来，我不放心，进去看她。她不让我靠近，蜷在床上，看我的眼神很奇怪，好像变了个人。我想去安抚她，把手放在她肩上，她大声尖叫起来，两手捂着肚子。我问她哪里疼，她不回答，只是不停地叫喊。我害怕出事，强行把她抱到卡车上送她去了医院。"

"医生会有什么办法呢？"

"我也不知道，阿梅。"甘蔗声音很低，"我从没见她这样无助过。"

在大门外，甘蔗停住。

"你还是自己去吧，我怕我会刺激她。"他告诉了我微微的病房号，然后开卡车走了。

我朝马路对面的医院跑去，心慌意乱，跑到了一辆刚启动的公交车前头，司机一个急刹车，然后摇下窗子冲我大骂："活得不耐烦了！"

我呆站着，看着公交车开远后才过了马路。

医院的大铁门白天一直是大开的，我来到后面一幢两层楼。门厅很大，挤满了人，药房和入院登记的窗口处有很长的队。我跑过像迷宫般的走廊，来到精神科病房。把门人仔细检查了我的证件后才让我进病房，走廊两边的门都关着，门上有探视孔。

我走到走廊中间微微的病房门前，从探视小孔看到她倚在床上，背靠枕头。她闭着眼，白色被子拉到胸前。另一个女病人在一张床上睡觉。我轻轻打开门走了进去。

微微也在睡觉，脸显出少有的平静，两颊在从窗帘透进的阳光里泛红。她睡得很沉，好像几天没睡觉了，好像在这个世界上一点挂念都没有，这是我从来没见过的母亲的脸。

"你是她女儿吧？"那个病友问，刚醒来，伸着懒腰，"带来什么好吃的？"

"我来得匆忙，什么也没带。"我抱歉地笑了笑。

"你妈妈很挑食，她把医院的饭一半都扔进了垃圾桶。"

"晚点我会再来，给她带些食物。"

"也给我带点来啊，我喜欢芹菜炒肉，不吃里面的肉，只吃芹菜。"

她还说微微挑食呢，我看了她一眼，说："我尽量。"

她坐在床上开始往没洗过的脸上抹化妆品，用口红在嘴上抹过来抹过去，直到抹到嘴唇外面。她好像比微微年岁大一些，五十几岁吧，头发染得乌黑。

"你妈妈昨晚可不好。"她悄声说，"护士把护工也叫来了，打了针她才安静下来。"

我注视着微微，原来她脸上的安宁是药的效果。我不由得想象她是怎样被强壮的护工按在床上的。我去摸她的手，很暖。

我不知道这样在微微的床边站了多久后，一个护士推门进来，她打量了一眼微微，然后转向我："你是她女儿？给你妈妈用了镇静药，她不会很快醒来的，现在睡觉对她是最好的治疗，以免受任何刺激。你明天早晨再来吧。"

"让我再待一小会儿。"

"好吧。"护士不情愿地说，"不过要绝对安静。"

我不想离开微微，她醒来时我必须在她身边。

我在她床边轻轻坐下，直到离上课还有几分钟，只好决定下课后再回来。

下午街上更让人烦乱，车鸣，人声，修鞋匠锤子单调的敲击声，老大妈炸肉饼发出的滋滋声，那个卖袜子和整脚首饰的王"教授"厌倦无力的叫卖声——听说他有瘫痪的妻子和弱智的儿子。这些声音在我的脑子里相互撞击，我不时撞在或差一点撞在人身上。

"对不起。"我机械地道歉，一想到微微躺在床上被药弄得不省人事的样子，我的心就下沉。

英文课我还是迟到了，坐在课桌前不能集中精力。下课后Luke要我到他办公室。

"你近来怎么样？"Luke与我面对面站着问。他和往常一样，声音里没有丝毫异样，但也没有柔情。感觉到眼睛里有泪，我赶快低下头，竭力控制自己。

"你可以告诉我。"他说，"我愿意当你的听众。"

我摇摇头，害怕一旦说话声音会发抖。

"在课上你显得心神不定。"他说着把门关上。

"我妈妈住院了。"

他立刻警觉起来："出了什么事？"

"她病了，有点不稳定。"我含糊地说，我不知道如何告诉他。

"你的意思是——"

"是的。家里发生了一点事。"我不禁想告诉他一切，"我从小目睹她往地上摔碗摔盘子，撕自己的衣服……可从没见她住院。"

"是这样。你需要我帮助吗？"

我摇头，我想把憋在心里的一切都说出来，尽管知道我们之间已经变了。

"你是个勇敢的女孩。"他习惯性地伸出手拍拍我的肩膀。

我的防卫彻底垮了，我往前走一步，把头贴在他胸前抽泣起来，眼泪打湿了他的衬衫。

他双臂拥抱着我，我感到自己在缩小，我想这样在 Luke 温暖的怀抱里藏起来，直到自己全部消失。

"事情会变的。"他轻轻地说。

我不知道他指的什么。

"目前，你至少可以在需要帮助的时候来找我，哪怕只是想有一个听众。在我面前，你不需要勇敢。"

他最后一句话使我更加软弱了。

这时有人敲门，我马上从 Luke 怀里挣脱开。

餐厅刚开门。我来到老赵的窗口。

"你好久没来了。"他说，显然看到我很高兴，他拿起大铁勺问，"今天想吃什么？"

我带了三个饭盒，让他分别盛了大米饭、肉炖豆腐、萝卜炒小河虾。没有女病友喜欢的芹菜炒肉，我让老赵把白菜炒肉和炒芹菜混在一起，放在米饭上面。

捧着热饭，我匆忙赶回医院。

微微已经醒了，倚在枕头上，两眼发呆，我进门时她慢慢转过头来。

"是阿梅吗？"她问，声音迟缓，"你到哪里去了？把我一人留在这里？"

"我早晨来过，你在睡觉。"我抓起她的手说，"你还好吗？哪里疼吗？"

她指指自己的头和肚子，然后撩起床边的窗帘往外看："要下雨了。"

"今天哪有雨？晴天。"病友插话。

我把饭盒摆在桌子上，微微好像不感兴趣，病友高兴得马上吃起来。

"这是我吃过的最好吃的芹菜。"她边吃边说，其实她也吃菜里的肉。

微微只吃了一点米饭和豆腐，然后就躺下了。

"大夫和护士对我可好了，"她说着往一边挪挪，示意我坐在她旁边，她又撩起窗帘往外看，"要下雨了。"

"下就下吧，微微，闭上眼睛再睡一会儿。"我说。

"你快回去吧，不然让雨淋了。我也回去，你为什么把我带到这里来？头疼和肚子疼不会让我死的。"

"甘蔗送你来的。"我说。

"甘蔗送我来的？"她慢慢重复我的话，但马上又走神了。

"看我，阿梅。"病友又插话，她两腿交叉坐在椅子里，胖胖的手指间夹了一支笔，头向一边倾，假装在吸烟。

"看我像不像电影里漂亮的国民党女特工啊？"她眯起眼睛，假装吸一口烟，"我知道我不该吸烟，可是我明天就出院了，吸烟庆贺一下。"

"那好啊。"我向她笑笑说。

"是。好。"微微附和着说。

护士进来给药，她责怪地看了我一眼，但没赶我走，看着两个病人把药吞下她就离开了。

"阿梅，趁雨还没下你快走。"微微说，"那天雨下得很大，把庙都淹了。"

"哪个庙？微微。"

"黄浦江边上那个啊。"

"告诉我，微微。"我转身把脸对着她说，"把那天发生的一切都告诉我。"

"从来没下过那么大的雨，黄浦江都泛滥了。他强迫我到坝上劳动，其他劳动的人都是和我一样的'牛鬼蛇神'。"

"谁强迫你？"

"还能有谁？"微微说，"那些拦大坝的泥沙袋比我还重，扛在肩上站不稳，江水到我的腰部，脚下的泥地很滑，我真想倒下去让江水把我冲走，可是我的脚却紧紧地抠住泥土，一直不松开。记得我来了例假，血冒出来，像粉红色的云团在水中包围着我，像荷花，我现在闭上眼睛就能清楚地看到。江水很冷，我感觉骨头都冻住了。"

"哦，微微。"我情不自禁地用手指去梳理她并不乱的头发。

"把所有的沙袋都搬到坝上后，劳动小组解散了，但是他却把我独自带到了江边的庙里。"

我的心紧缩了一下，预料到恐怖的到来。

"庙也被雨水和泥水淹了，淹死的蚂蚱、蟋蟀和蚯蚓浮在水面上，还有一只女人的鞋，他把我拉到墙边。'知道我为什么把你带到这里吗？'他问，他的眼睛在镜片后是紫色的，'你不好好改造，反而那么骄傲，我要打击你的傲气。'"

"那个人对你干了什么？"我等不下去了。

"他抓住我的胳膊，把我按在墙上，我像头猪一样尖叫，可猪比我幸运，一刀刺进去，当即就死去，可我却还活着……"

我再也忍不住了，扑在微微怀里哭了起来。

我从微微怀里抬起头来，两只胳膊抱住她。我的喉咙在紧缩，使我窒息。我深深地呼吸，控制自己不吐出来。微微的讲述像一只不知来自何处的拳头猛击了我一下，超出了我的忍受极限。我只知道现下和我紧紧抱在一起的人已经不是我所熟悉的母亲了，不是那个几天前为了给我准备早饭破例包饺子的微微，也不是那个看顾讨药方的人时自信和自尊的药剂师。我只见过真正的微微的一半，我看过她悲伤却从不沮丧，我看过她无助却从未认输。现在我怀里发抖的人已经被折断了，她的意志被打碎，她的精神被劈裂，她的灵魂被践踏。我又把头埋进微微温暖的怀里痛哭，她自己为什么不哭？我要替她哭。

"你为什么没早告诉我？"我问。

微微摸了摸我的脸："这样的事我不想告诉你，怕你会为我感到羞耻，这些年我一直想忘记。"

我又紧紧地抱住她，抚摸她。此刻，我们俩的角色转换了，我是母亲，微微是我的女儿，她依偎在我的怀里，慢慢地睡着了。

"甘蔗在哪里？"微微醒后问。

"他回果园了。"

"他明天来吗？"

"没说。"

"男人都是这样的，一旦你成了他的麻烦他随时会离开。"

"甘蔗没离开你，只是果园太忙。"

微微不吱声了。我削了一个苹果给她，她只是偶尔啃一点。

护士推门进来，看着微微把药吃下去，然后严肃地瞪我一眼："我告诉你今天不要再来的，现在走吧，病人需要休息。"

我帮微微靠在枕头上，用手整理了一下她的头发，就离开了。我不想回宿舍，突然很想家。我跳上公交车，天已经开始黑了。

在家里，我躺在床上，看夜幕降临。外面大街上的喧嚣已经渐渐消失，家家都已关门闭户。今晚，天显得很低，好像伸手可及的云层正重重地压下来。

白色日光灯在三奶的房子里发出一种冷光，她的白色塑料袋挂在窗子外面，一个个像小鬼一样在晚风里躁动。

微微在医院里的叙述一遍又一遍地在我脑子里重复，发生在黄浦江边寺庙里的情景在我眼前的黑夜里一幕一幕地闪现，我难以想象那时的微微是怎样承受这一切的，更不可能知道那一切又是如何改变了她。

又想起汽车司机的话：活得不耐烦了！

床边墙上有一张彩图，是蚕的生命循环。桑卵像一个圆珠笔点的黑点，幼虫身上有黑色绒毛，蜕皮四次后，成虫变成白色，光滑，吐丝做成的蚕茧是椭圆形，蚕蛾从蚕茧破壁而出，像身着白衣的芭蕾舞者在空中飞舞。在不同的生命时期，各种体态既怪诞又优雅。

在药柜里发现的那张两个男人的照片又清晰地浮现在眼前，他们到底是谁？是微微的保护人还是折磨者？——此刻我心里只有这两个概念。

在如此的寂静里，我感到这么孤独，这么凄凉。我想念Luke，从来没像现在这么无助。此刻我让自己所有的防卫都坍塌，所有的理智都摔成碎片。在我自己的小天地里，我纵情大哭。

微微不在，我可以这样款待自己。

第十九章

微微住院几天后，我乘长途汽车去果园。

在往卡车上搬运水果筐的人群里，我找到了甘蔗，他正穿着工服和司机谈话。一看到我，他即刻结束谈话向我走来。

"阿梅啊，没想到你会米。"他笑得很爽朗。

"我需要水果。"我说。

"好啊。你妈妈怎么样了？出院了吗？"

"没。不过她好多了，我来买梨给她熬梨汤。"

"她让你来的？"

"是的。"我撒谎。

"来吧。"

我跟他来到储存水果的仓库，有人在给水果分级。最好的梨又大又圆，表皮光滑，色如红糖。

甘蔗吩咐一个人把一筐上好的梨搬到他的办公室。

"微微和我吃不了那么多。"我说。

"可以做成罐头。"

我们来到他办公室的时候，那筐梨已经在了。

"你如果不着急回去，我来沏茶。"他说。

我坐下来。一个小方桌上放着一套茶具,茶杯上有蓝色印花。

甘蔗抓了把茶叶放进茶壶,随手拿起保温瓶往里倒水:"这茶是朋友从苏州一个茶庄带给我的。"

茶沏好后他先给我一杯:"小心烫。"

我喝了一小口,味道有点像菊花茶,只是更苦点儿。

"是这个苦味使这茶的味道醇厚。"甘蔗说,"给你妈妈带回去一些。"

喝茶时,甘蔗点上一根烟。我一直喜欢凤凰烟的香味,很想试一试,现在是机会?

"我能抽一支吗?"

甘蔗有些迟疑。

"只想尝一下。"

"好吧。"他递给我一支,为我点上火。

不想在他面前出丑,我每次只吸一小口。我虽然信任他,对他有亲近感,但不知为何却不能在他面前完全放松。

"德伟再没找麻烦吧?"甘蔗问。

"没有。"我说,吐出嘴里的烟。

他点点头问:"你妈妈提到我送她去医院那天晚上的事了吗?"

"没有。她可能不记得了。"

"也许果园发生的事刺激了她。"

"我也这么想。"我说,"微微在医院里告诉了我她以前在上海的遭遇。"

我深吸了一口,呛得咳嗽。

"我想知道她经历的不平凡的事情,可她自己不说,我也不好问。"

"经历了那种暴行，又难以启齿，谁都会疯的。"我说，"说出来会好些，你可以问她。她会对信任的人吐露，她信任你。"

他默默地抽烟。

"你为什么没去医院看她？现在是她最需要你的时候。"我说。

甘蔗深吸了一口烟，慢慢吐出来说："我从未见过像微微这样美的女人，她在好多地方都很特别。可是她多变，会让我不知所措。"

他把烟灰弹在烟灰缸里，"那天晚上我真的束手无策了，想起我的前妻，她也经常会那样发作。"

这是甘蔗第一次提到他的前妻。我问："能告诉我吗？"

"她是一个乐团的竖琴手，我出事后，乐团要她和我划清界限，不然不许她继续演奏，她带着我们十二岁的儿子搬了出去。我不怨她，知道拿走她的琴等于拿走她呼吸的空气。我后来很少得到她和儿子的消息，终于有一天，她突然出现，衣服很脏，头发蓬乱，我几乎没认出她来。她好像神志也不清楚，她告诉我儿子死了。六个月以后收到离婚证书和她的一封短信，告诉我她回到了乐团，准备再婚。"

"噢。不知道你有个儿子，真是太让人伤心了。"我说，其他就不知道说什么了。

甘蔗看着烟圈在空气里飘散。我深吸了一口，不禁又咳嗽起来。

甘蔗立刻把只抽了半支的烟从我手里拿走，在烟灰缸里灭掉，"你还是不要抽了。"

我不争论，问他："你想过再婚吗？"

他笑了笑说："我和女人一直没运气。"

"你和微微相处得不是很好吗？"

"我不确信自己是否适合她，是否能照顾她……"

"你爱她吗？"

他看着手里的烟，喃喃地说："当然，我自己都害怕承认我对她的真实感情。"

"那就去医院看她，她想念你。"

他喝了一口茶说："明天吧。"

"现在更好。"我说，"我还可以坐你的卡车，省汽车费。"

"你真像你妈妈。"他站起来说，"可又很不一样。"

我抬头看着这个像树干一样立在我身边的人，他脸上的皮肤因为多年在户外劳动被太阳晒成了永久的棕黑色。此刻，我几乎希望他就是我的父亲。我走近他，把头依在他的胸膛上，他毫不迟疑地用双臂拥抱我。

两天后微微出院了。她有点憔悴，但精神很好，头发精心梳理过，换了一身衣服。回家的路上，她在甘蔗的卡车里很快活，话也很多。

"你这件蓝上衣是新的吗？"她问我，"很适合你。"

"甘蔗，你的头发又长了，需要剪了，我来给你剪吧。"

"看那个小女孩，自己过马路，太危险了！噢，妈妈捉住她了，吓坏我了。"

"甘蔗停车，我要下去。"

原来她在街口看到那对卖熟羊肉的回民老夫妻了。她去买了肉，还买了炒花生。

"山羊肉，"她拿着油腻的纸包给我们看，"好久没吃到山羊肉了。"

甘蔗在院子外面停下让我们下车，他自己要回果园。

"你什么时候再来？"微微问。

"早晨，天边刚泛鱼肚白的时候。"他学了一句故事书里用烂了的话，又在微微的额头上亲了一下。微微和我看着他开走。

"甘蔗是个好男人。"我和微微走向院内，"他很喜欢你，对你多好啊。"

微微瞥了我一眼，"你什么都知道。"

院子里，四儿坐在地上，用一根树枝逗笼子里的蛐蛐。微微随手把那包炒花生给了他："洗了手再吃。"

厨房里，微微切好肉，摆在一个小瓷盘里。山羊肉和猪肉太不一样了，使我想起和 Luke 吃的涮羊肉，但是我现在不能想他，我要把注意力集中在微微身上。经过这次住院，她埋藏心底多年的苦楚终于得到一些宣泄，她好像也因此好了一些。

微微平时不太吃肉，现在却吃得很香，吃肉比吃米饭还多，还不时往我碗里夹肉。看她此时的心境，是谈话的好时机。

"你把那么痛苦的经历埋在心里这么多年太难了。"我说。

她夹起一块肉："我已经适应了。"

微微为了与自己的经历和平相处用尽了办法。

"我不该让你和那个小流氓一起去果园的，菩萨慈悲没出事。以后你要多听我的，我对男人有本能的感觉，吃了亏就学聪明了。"这句话末尾她的声音变小了，好像后悔不该说了。

当然，微微仍然有事情瞒着我，至少还不准备告诉我，我又想起照片里的那两个男人。

我不问，只能等她认为适当的时候主动告诉我，迟早一切都会清楚的。现在，她平和的心境最难得，让它持续下去，不管能持续多久。

她把筷子放下："来。我们写字吧。"

我很快把餐具清理了一下，我们坐下来练字。

"你在写哪个字？"我问。

"看远，姥爷药方里的一个成分。"她边说边写。

"连草药名都有寓意。'看远'，不要回头。你在写什么字？"她歪头审视写完的"看远"。

"欢乐。是不是挺奇怪，欢的右偏旁是欠缺？"我对微微也对自己说，"世上缺欠欢乐？"

"也可能是欠债。"微微说，"不还清债就不会欢乐。"

我又想起"父债子还"一说，我在还父亲的债吗？一个从未见过面的父亲，这个债还不清，我就永远不能快乐？

什么债？

我怎样去背负？

我现在已经背负了吗？

现在不是问那张照片的时候，可是直觉告诉我它埋藏着最后的事实。

第二十章

今晚，女生宿舍里充满了兴奋和恐惧。女孩们翻箱倒柜，试图在仅有的、简单的衣服里挑出自己最满意的、可以使自己漂亮一点的一件。

我事先从微微的衣服里偷了一件简单的连衣裙，白色，印有淡灰色的竹叶。

挑选好了衣服，女孩们开始整理头发。平时学业太重，没人过多注意自己的头发。很多女孩的头发是芬芳用裁衣服的剪刀剪的。至少有十二个女孩发型一样：前面齐刷刷的刘海，后面齐刷刷的发梢刚及脖颈。我破例把长头发从橡皮筋里解脱出来，只用了几个小卡子。芬芳仍是佼佼者，她梳了一个长长的马尾辫，马尾梢上系了一个小巧精致的蝴蝶结，我想她会成为晚会的中心。女孩子们终于打扮好了，抢着在墙上唯一的小圆镜里欣赏自己，然后我们离开宿舍进城。我们三三两两挎着胳膊走在街上，今晚风很大，吹乱了我们刚整理好的头发。沿路有几个舞厅传出很响的舞曲，这是大街上出现的新现象。像牛仔裤、可乐，交际舞也是西方影响的结果。

我们没费劲就找到了新星大街的舞厅，大家蜂拥而入。里面很大，舞池是木板地，靠墙摆好了铺有塑料桌布的圆桌和椅子。

我一眼就在人群里看到了 Luke，当然也看到了屠辅导员，他是一个谁都甩不掉的影子，我已经感觉到他投在我身上的视线，赶紧找了一个离 Luke 比较远的座位坐下。

让我释然的是德伟不在场，听说他又去街道上比赛拳击了，近来他几次想接近我，和我搭讪，我都决然走开。也许过很长时间后我会原谅他，但是永远不会忘记。

这是 Luke 的生日晚会，我们就像新年晚会那样表演节目，因为迄今为止，我们从未参加过生日晚会，更不知道美国人是怎样办的。

开始前，屠辅导员讲了一段话，本来是祝贺 Luke 生日快乐，但很快就滑到政治术语和他一贯滥用的成语。

有一个男生实在听不下去了，屠辅导员话没说完就带头鼓掌，我们马上附和，掌声淹没了他的声音。

节目开始了，第一个是张思玉的琵琶独奏，我从儿时就熟悉的乐器。张思玉纤细的手指在弦上有力地拨动，节奏的剧烈起伏和她那温和的娃娃脸形成一种戏剧性对比。

"该 Luke 表演了。"后面有人喊。

"给我们唱一支美国歌。"牛姐嚷。

"过生日的也要表演哪？"Luke 问。大家还没开始鼓掌鼓励，他就大方地从座位里站起来，走到舞池中间。停了片刻，他换了一副严肃的表情，然后张嘴开始唱：

我所有的记忆都围绕着她，
金矿之女，从未见过蓝色的海洋。
黑色风尘在天上如画，

雾一般的月光醇酒一样香，

泪滴在我的脸上……

歌中的伤感可以从他略带沙哑的嗓音中听出，*Luke* 的眼睛在明亮的灯光下泛着蓝光，那件海军蓝的中式上衣在他壮实的体魄和西方人的脸型反衬下显得有点滑稽。

但他从来没像今晚这么英俊，这么吸引我。

Luke 唱完了，大家沉浸在他的歌声里，忘了鼓掌。

也许是感觉到他的歌带来了严肃气氛，他自愿再唱一支。

"我想唱一首中国爱情歌曲。"他说，"《天仙配》。"

这首歌是二重唱，女孩子们紧张地互相看看，当然没人毛遂自荐。*Luke* 的眼扫了一圈，他会选我吗？我应允还是谢绝？这支歌我会唱，只是紧绷的神经和复杂的感情会背叛我，我静静地坐着，不知是害怕还是盼望。

我不必担忧了，*Luke* 指了指我左边说："芬芳，听说你唱歌很好。"

芬芳乐不可支地站起来，走到 *Luke* 身边，和他靠得很近。她身着向日葵黄色的西式两件套装，大概是在井街买的。她的嘴唇鲜红，肯定抹了口红，我们其他女生连怎么用都不知道。

在所有人的目视下，*Luke* 和芬芳开始演唱。

芬芳："树上的鸟儿成双对。"

Luke："绿水青山带笑颜。"

芬芳（爱慕地看着 *Luke*）："你我好比鸳鸯鸟，"

Luke（一只胳膊搂住芬芳）："比翼双飞在人间。"

……

几个节目之后，晚会的高潮到来——跳舞。

虽然大家对跳舞很激动，却很羞怯。跳舞是男女生仅有的"合法"肢体接触的机会，女孩子们脸通红地站在一边，等候被邀请。

我希望 Luke 会来邀请我和他跳舞，但是他邀请了芬芳，领着她的手走到舞池中心，对她微笑着，他一只手托住她纤细的腰部，领她旋转起来。

我转向身边站着的瘦小的钱大山说："跟我跳。"我几乎在命令他。

"可是我不会啊。"大山胆怯地说。

"跟上我就行。"

大山肯定从没跳过舞，我拽着他从舞池一边到另一边，我的眼睛一直在追寻 Luke。他轮流和每一个女生跳，弯下腰和比他矮一半的舞伴合作，女孩子们在他的拥抱下显得既腼腆又骄傲。

屠辅导员一直站在墙角观看，审视，他的视线几次落在我身上。

Luke 和芬芳跳了三次，搂她很紧，他的下巴碰到她的头发。她细长的双臂优雅地搭在他的肩上，转来转去像一根羽毛在空中飘浮。

"搂紧我。"每当 Luke 和芬芳经过，我就告诉大山。他很听话地抱紧我，很笨拙，他干瘦的前胸几乎碰到我。

Luke 和芬芳又转过来了，他跟她说了句什么，她咯咯地笑起来，他一次也没往我的方向看。

我停下，推开大山说："我想呼吸一点新鲜空气。"

"我陪你去。"他说。

"不用。你还是再找个舞伴吧。"我指一指独自站在一边的牛姐。

我走出门去，秋日夜晚的冷气就扑面而来，一会儿我就开始有点发抖。返回舞池需要勇气或者冷漠，此刻两者我都不具备。

"你要离开我的生日晚会吗？"忽然听到 Luke 在我身后说，他是我现在最不想见的人。

"怎么回事啊？"他问，很难从他平稳的声音猜测他的心境。

"里面太热，我有点头晕。"我也尽量用平稳的声音说。

他绕到我面前，打量我一下说："还有点沮丧吧。"

"不，一点都不沮丧。"我极力控制不让声音发抖。

"不是实话吧。"他说着走近一步，"我可以发誓你很不快乐，再说几个字你的眼泪就会出来了。其实，已经出来了，亮闪闪地在眼眶里浮动。这不，有一滴刚从睫毛上掉下来。"

此时，我的反应一反常态，硬着头皮不去用手捂住脸，不躲避他的眼睛，反倒直直地看着他。他说得对，我不能说话，一张口就会哭出来。

"我一定要知道那些眼泪意味着什么？不过现在我要进去，毕竟是为我开的晚会。"他胡乱拽一下衣领，好像衣领紧得让他窒息。

我想说我的眼泪不是为他流的，根本和他无关，但是我紧紧闭住嘴。

"你进去吗？"他问。

我没反应。

"我想也不会。"他说，"你很……"他没说完就停住了，又去摸弄衣领，"见鬼，这么紧。"然后转身走回了舞厅。

我让泪水掉下来，无知无觉地走下台阶，往前走。冷空气提醒我忘记了我的外套，可是我不能回到晚会。于是我继续走，冷风吹进脖颈使我打战，可我的脸仍然在发烧。几个街道清洁工看我一眼，又继续工作。

眼泪又流出来了，开始是刚刚离开的晚会触发的，然后情感从各种渠道向我袭来，眼泪滚到发热的脸颊上是冰冷的。

我一走到车站，车就来了。上面空无一人，我仍然找了一个角落坐下，我还在不停地哭。司机几次回过头好奇地看我，我不理会他。

不知不觉公交车到了小巷口，司机提醒我下车。

院子里漆黑如常，奇怪的是小木屋那边有一团朦胧的光。走近一点，我看到四儿坐在木屋前一张凳子上，很安静的样子。再走近一点，我觉察出什么不对劲了。

四儿几乎一动不动地坐着，手里拿着一个刀片，专心地面对身前的木板，好像一个外科医生在做手术。我最宠爱的白兔雪球，被钉在粗糙的木板上，头往一边耷拉着，胸部和腹部大敞，内脏暴露无遗，在屋檐下的黄色灯光里红得耀眼。四儿手里的刀片在夜色中泛着冷光。

"你疯了吗？"我大声嚷。

四儿好像没听到，很认真很仔细地继续残酷的步骤。我猛然从他身后抱住他把他从凳子上拉下来，他摔在地上，一点声音都没有。他用黯然的眼睛看着我，然后爬起来，跟跄地跑进小木屋。

我在后面追他。

那些灰兔子看到我们，很警觉地竖起耳朵。四儿蜷缩在一个角落里说："妈逼我的，逼我的。"他的声音不像他的。

昨天我还见到三奶，她用尖刻的警犬般的小眼睛看着我，好像要把我一口吞下去。

四儿说："雪球没遭罪。没遭罪。我一拳头，一拳头……"

"闭嘴。你给我闭嘴。"我一把把四儿从黑暗里拉出来,用我的拳头打他,不管打在什么地方。开始他不还手,然后也许把他打急眼了,他冲我一抡胳膊,正巧打在我的胸上,一时疼痛难忍,我双手捂住前胸。我们对视着,像两只野兽猜测对方的下一个攻击。

我已经筋疲力尽了,瘫在沾满兔子屎的地板上。

我仰面躺着,感到一阵晕眩,周围的一切都在我眼前转圈:兔子在转,使我想起小时候在公园里玩,骑在一个木制大白兔上,下来的时候微微不见了,恐怖感记忆犹新;小屋顶上纵横交错的木板也在转,像有一次微微绣花,太复杂,她绣到一半就弄不清每根线的去处了。这些影像似乎擦肩而过,又似乎穿透我。

"妈要吃雪球,吃雪球。"四儿说。泪珠从他眼里流出来淌到他的宽脸上,他这次哭和往常不一样,好像在控制,在压抑,哭得像一个成年男人,一个他永远没有机会长成的成年男人。

我抱住他,轻轻地摇。他还是比我幸运,不知道,也许永远不会知道,初恋被扼杀的创伤,我无法想象的痛苦。

第二十一章

自从 *Luke* 的生日晚会后，我开始逃课，在宿舍里睡觉。今天，一周才过了一小半儿，我就悄悄坐公交车回了家。车上除了我，有两个手拎买菜塑料袋子的老妈妈，挨着坐在那里，彼此不说话，脸上也没有表情，如同两个蜡烛娃娃。司机坐得很直很僵硬，周围的一切显得不真实，有一种死气沉沉的氛围。

小巷里，张寡妇从她的小卖部窗口伸出头来。

"要买糖吗？烟卷？"她粗哑的声音像从远处飘过来的。

几个男孩子在踢一个已经泄气的球，传来传去。他们也显得不真实，眼前的一切都像一幕一幕的电影镜头。

院子里，三奶坐在她的藤椅里，好像随时会把椅子压塌。我快步走过她，可她的声音更快。

"没到周末就回来了？"她说，"大学里教你什么？是不是五花八门的西方的东西？"

她穿着一件超大的上衣，像一条装土豆的麻袋，原来的颜色已经看不出来了。她一贯告诉人们要艰苦朴素，自己却关起门来大吃大喝。

"美国人可是坏影响。"她边说边用拐杖捻死地上的蚂蚁。

她从没像现在这样让我讨厌，我干脆几步跑回家。

我直奔我的房间，关上门，跳到床上，衣服没脱就睡觉，醒着只有痛苦。开始我辗转反侧，很快，绝望向我袭来，我昏睡过去。

微微叫醒我时，天已经黑了。

"你怎么了，阿梅？"她问，"你睡了一天。学校里没有课吗？是不是病了？"她摸摸我的额头，"不烧。是不是发生了什么事？"

"没有。我考试复习没睡好。"

"睡了一天该起来了，跟我一起去夜市买东西吧。"

"不想去，我还要睡。"说完我转过身去。

只有睡眠的时候才没有难以忍受的空洞感折磨我，我一直睡到第二天中午，饥饿让我爬起来，走到厨房，头晕使我步伐不稳。

微微正在厨房忙。

"你好像几天没睡觉了，我叫都叫不醒你。"她检查一下我的脸，"脸色像小鬼一样苍白，你要吃饭才能让你的脸有点血色。"

她开始为我准备皮蛋，我睡眼惺忪地看着，她先把皮蛋外面掺着稻草的干泥巴去掉，然后剥壳。

自打从医院回来，微微一直很安稳，有一种我从未见过的宁静。这次住院对她的确是一次洗礼和愈合的过程，她对我很关注，好像该我当病人了。

我骑在椅子上反方向坐着，昏沉沉的头放在椅背上。

微微扫了我一眼："你还是不想说话吗？"

我不作声。

"你的话比叹气还少。"她把剥好洗净的皮蛋放到盘子里，用一根线从三个不同的方向切一次，放开手，皮蛋就像花一样开了。

可是我没有食欲，尽管肚子饿得咕咕叫。我离开厨房，回到房间想继续睡。

微微随即走进来，手里端着放皮蛋的盘子。

"这些皮蛋现在吃正是时候。"她说。

"我不饿。"

"真的没发生什么事吗？跟我说实话。"

"什么事也没发生，你那天在校园见他的时候不是确定了吗？"

微微的脸立刻放松了，只有一瞬间，我好像在她的眼睛里看到了一丝伤感。她在我旁边坐下，盘子放在腿上，然后用一条热毛巾替我擦手，就像小时候我拒绝洗手的时候那样。

"吃两块，只吃两块。"她像哄孩子一样说，然后离开。

我拿起一块，开始一点一点往嘴里送。有一种味飘进我的房间里，不熟悉的味，很浓，不像中药，因为没有闻到苦味，只是一股浓浓的香味。

一会儿，微微又进来了，手里端着一个冒热气的碗。她把碗放在床头桌上，坐在我身边。她开始按摩我的额头，不时挤压一下我的太阳穴。

"是什么那么香？"我问。

"龙胆花。"她说着开始按摩我的头皮，"龙胆花汤强心健体，你没见过龙胆花，这里不长，只长在远离尘世、空气清纯的地方，它的蓝色花瓣灿烂如火焰。尽管它长在草丛间、石岩缝中，却那么高洁尊贵，看上去娇柔，却很有韧性，可以在任何严酷气候里生存。"

微微捧起碗递给我，我接过来，凝视里面蓝色的液体，很清澈，我可以看到我自己的脸。

"我知道你伤心，但是会过去的。"她说，两只手伸过来又挤压了一下我的太阳穴，好像要把她的话印在我的脑子里。

"就像你忘记我父亲一样吗？"我忍不住说。

她不理睬我说的话，指了指碗："喝下这碗龙胆花汤，你就会像龙胆花一样坚强。"

"像龙胆花一样？在哪里？远离世界吗？在月亮上？我是嫦娥吗？"

我又看了一眼碗里我的影子，龙胆花汤能把这张凄惨苦楚的脸变成一张快乐的脸？我喝了一口，立即吐了出来。太苦了，比我喝过的最苦的药还苦，比那一次吃到微微没洗干净的鱼的胆囊还苦。

"龙胆花怎么会这么苦？"我问。

"为了生存它们才这样苦。它味苦如胆，但能清热解燥，泻肝定惊。"

"你也是为了生存这样苦吧，微微。"

我把碗放下，拒绝再喝第二口。

早晨，客厅里有人说话，把我弄醒了，一会儿微微走进来。

"看谁来看你了。"她往身后一指。

我很吃惊地看到芬芳站在客厅里。

"我在大门口碰上她，她说是你的朋友。"

我很奇怪芬芳突然来到我家里，我马上下床，穿着睡衣走到客厅。

"你怎么来了？"我知道我的语气挺冷。

"我有事情告诉你。"

微微插话："别让你的朋友站着，请她坐下吧。"

"谢谢阿姨。"芬芳甜甜地说，她穿一件浅蓝色上衣，好像消瘦了一点儿。

"阿梅常说起你。"微微说。

其实近来我没提过芬芳。

"她也和我说起你，阿姨，你的书法和中药。"芬芳说，"你身上这件衣服真好看。"

"你真是个恬静的女孩子。"微微笑着看着芬芳说，"我去给你们洗菱角。"微微说着去了厨房。

我和芬芳坐下来。

"我三天没见到你，你病了吗？"芬芳问，仔细看看我的脸，"你脸色像漂白粉漂过一样白。"

"我一直在头疼。"我说，"你怎么来了？太出乎意料了。"

"Luke 让我来的。"

"Luke？"

"他让我告诉你他要在周日带我们去爬山，他要你参加。"

我不知道是否能相信她，我对她的动机，甚至 Luke 的动机，都感到疑惑。

"你应该去，我知道你想去。"芬芳说，她脸上的表情很诚恳，"看得出来 Luke 喜欢你。"

"你怎么知道？"我脱口而出，"我以为他喜欢你，你也喜欢他。"

"我？"芬芳笑起来，"你比我想象的还天真。"

她放低声音："我该告诉你了。"显得挺神秘。

"告诉我什么？"

"我喜欢别人。"

"什么意思啊？"

"我有喜欢的人，但不是 *Luke*。"芬芳说，依然从容的样子。

过了一会儿我才明白她的意思，心里想着，我对 *Luke* 的感觉很奇怪，但也不确定一定是男女之间的喜欢，而芬芳说的，肯定是男女之间的喜欢。

"那你为什么不顾一切去赢得 *Luke* 的注意？"我还是好奇地问。

"我喜欢所有人注意我，*Luke* 是美国人，很不一样，这个挑战很刺激。"

我猜想 *Luke* 是否知道芬芳的秘密。

但芬芳显然不想继续这个话题，而是问："你近来怎么回事？你显得有点怪。"

"没有呀，你想多了。"我下意识地否认。

"首先你要对自己诚实。"芬芳说着捏捏我的手，"我要走了，我堂妹在外面等我，我们去新华书店。"说完她起身要走。

"谢谢你来。"我说。

我送芬芳走时，微微站在厨房门口，手里端了一大碗菱角。我不知道她在那里站了多久，听到了多少我和芬芳的谈话。

"带点儿吃。"微微说着抓了一把菱角放在芬芳手里，"欢迎再来。"

"我会的。阿姨再见。"芬芳笑得很愉快。

芬芳走后，微微的面部表情变了："你怎么不和芬芳一起去呢？"

"我感觉不好，不想出去。"

"你明天感觉好了会去爬山吗？"

显然我们的话她都听见了。

"我不知道，也许……"我说，躲避她的眼睛。

"他派芬芳来就是要你跟他一起去爬山吗？"她说，"他还不死心，肯定有打算。不要去，记住龙胆花。"

"可是，微微……"我想争论，可找不到词。

她端着那个碗慢慢走回厨房，她原本很直的腰板有一点弯，好像她手里的碗很重。

我不想再使微微难过，但是无论如何我必须弄清楚我对Luke的这种感觉，到底是感情，还是别的什么，我要像芬芳说的那样，勇敢、真诚地对待自己，我需要坚定我的意志。

吃晚饭时，我惊喜地看到桌上有一盘炸藕盒，我最喜欢吃的，上次吃还是去年过年的时候。

微微对我异常地殷勤："用手抓着吃吧，这些藕盒太大，筷子不好夹。"

平时见我用手抓东西吃她会很不高兴。

我拿起一个藕盒，咬了一大口："这是你做得最好的一次。"

"藕现在价格很贵，可是我女儿好久没吃了。"她说，又把一个藕盒放到我的碗里。

我把一个藕盒放到她碗里，她又放回去。

"留着，你肚子饿了当点心吃。"她只是看着我吃，脸上挂着淡淡的笑容。

吃完饭，我照例准备洗碗。

龙胆花

"我来。"微微说，"去读你的杂志吧，或到小木屋里玩兔子。"

她替我把我围裙解开，她以前从来都不喜欢我到小木屋去，说兔子太脏会传播疾病。

我心不在焉地坐在沙发里看《多彩文化》杂志，中药味从厨房里飘出来。不一会儿，微微端着一个碗过来，坐在我身边。她没把中药搁在她面前，却搁在我这边。

"你知道我不能喝龙胆花。"我说。

"这不是龙胆花。"

"那是什么？"我开始警觉。

"近来你没好好吃饭，脸色像纸一样白。"她说，"让我看一下舌头。"

我不情愿地伸出舌头。

"几乎和你的脸色一样苍白。"她说，"喝了这营养药身体会好很多。"

我拿起碗，看着深褐色的药汤。

"好女儿。"微微期待地看着我，但她眼睛里有一丝严酷，这眼神跟上次她骗我喝药睡觉时一样，不同的是今晚她一直在哄我。

我狠狠地把碗放回桌上，使药汤溅出来。一句话没说，我朝门口走去。

"阿梅，回来。"微微喊。

我去了小木屋，四儿不在。我呆看了一会儿兔子，就去院子里，爬上桑树，骑在树上，从密密的树枝和桑叶间看天上的星星，直到脖子发酸我才爬下树来。

客厅里那碗汤药还在桌子上，微微和衣歪倒在沙发里睡了，头下没有枕头。厨房里她的空蛇酒瓶子倒在桌上。炉子里的煤已经烧成了灰，旁边是药锅，也翻在地上，里面的药渣洒了出来。

我回到微微身边，她在昏睡，显然喝多了蛇酒，我找来一条毛毯被给她盖上。

清早，家里异常安静，没有煎鸡蛋的声音，没有熬稀饭的热气。微微还在睡，姿势都没有变，我不禁一阵心酸。不敢想象她醒来看到我不在，而且知道我在哪里和谁在一起，会如何反应。她无助地躺在医院病床上的一幕在我脑子里重现，要削弱我的意愿，要我缴械。

可是我决心已定，我必须走。我要真诚、勇敢地面对自己。

第二十二章

我们要爬的山位于城东边，离学校大概三里，我们的外游小组在柏油路边人行道上慢跑，一路上载有白菜或煤炭的大卡车疾驰而过，偶尔有居民从路边住所伸头看 *Luke*。

Luke 跑在最前面，我们在后面紧跟。德伟没来，听说他在街上参与打群架，断了三条肋骨住院了。

由于在床上躺了几天，我有点虚弱，落在后面，芬芳在后面陪我。我俩到达山下时，小组其他人已经在逛小吃摊了，还有纪念品摊，有佛像、玉做的项链、刻有"大慈大悲"的小石头。

Luke 朝我走来："月亮终于降临了。"

Luke 把大家召集起来，"我们现在开始爬山。"他说，显得精神抖擞，"看谁最先到山顶。"

上山有石头台阶，但攀登仍然不容易，因为台阶高低不等。我们还要不时地躲过或挪开挡在面前的树枝。一个巨大的佛像矗立在半山腰，看着愚民们无意义地忙碌，但仍然发慈悲保佑他们。还有很多小一点的佛像在树丛里时隐时现，有些早年被破坏了还没修补，断胳膊缺腿的，他们善意地朝我们微笑。

我一直盯着 *Luke*，可他太快，等我爬到半山腰时他已经无影无踪。艰难的攀登到底是值得的，山顶上是一片让人心旷神怡的美景。鲜艳的野花在阳光下热情地开放，荆棘丛中挂满了红红的酸枣，具有经典房檐的寺庙点缀着整个景观。

我们三三两两地坐在山顶，呼吸着空气里的花香，还有些人在摘酸枣吃。

"野花这么香，可能也好吃吧。"芬芳闭着眼睛嗅着芳香的空气。

"有些花是可以吃的。"*Luke* 说，指了指一片白花，"那些可以吃。"

牛姐和几个人马上去摘雨伞形状的白花。

我也摘了一朵，可如此娇媚的花，我不忍心吃它。我四处观望，希望看到龙胆花，可是看到的花没有蓝色的。按微微的说法，龙胆花也不是这么容易就能看到的。

我和芬芳坐在一起，*Luke* 并不特别注意我，他挑战男生做俯卧撑，他是最后一个停下的，四仰八叉地躺在地上休息，嘴里吹着口哨。

"大家可以分散到各处去看看，在山下集合。"他说。

有些人去山的背面探险了，剩下的，包括 *Luke*，参观寺庙。庙里有一比真人大得多的佛像，佛像前面有祭台供来访者烧香。

我们从庙里出来时，太阳突然不见了，黑云在头顶的天空里游来游去。突然，雨点落在我们的额头上，很快大雨就下来了。我们跑进庙里躲雨。但寺庙很小，只能容纳几个人。我跑得慢，挤不进去，只好回到雨中，正不知往哪个方向跑，突然听到有人喊我的名字，声音是从一个草丛后传来的，我跑过去。

那里有间小破屋，很黑，一时什么也看不见，等眼睛适应后，才看到不是别人，偏巧是 *Luke*。他靠墙站着，在擦脸上的雨水。

"别站在门口让雨淋，里面有足够的地方。" Luke 说。

我在门槛上坐下，Luke 坐在一个拜垫上，常年不见太阳，小屋里潮湿阴冷，我不由得打战。

"把你的外套脱下来。" Luke 说，"穿上这件，比你的干一点。"他站起来把他的夹克递给我，他身上的短袖衫已经湿透了。

"那你呢？"我问。

他耸耸肩："我习惯了，没事儿。"

我脱下湿透的外套，扔在地上，穿上 Luke 的外套我马上暖和了一些。好一会儿我们谁也不说话，坐在各自的位置看外面的雨。

"说点什么，阿梅，好几天没见了。" Luke 先打破沉默。

"我要警告你，如果大雨不停，下山很危险，我们需要在这里过夜。" Luke 说，"我原来经历过一次。那次食堂的老赵和我在山背面打野兔子。"

雪球的形象在我脑子里一闪，想起它仍然心疼，"有别的动物吗？"

"有蛇。" Luke 说，"你不怕蛇吧？"

"我们家族历来喜欢蛇，我姥爷吃蛇，我喜欢喝妈妈的蛇酒，有的中药里含有蛇的部分，当然不怕蛇。"

"我也看过一个传统医生。"

"你有什么病？"我问，我一直觉得他那么健壮恐怕连药片都不会吞。

"小时候，我的皮肤变得很白，头发也变成很浅的金色，几乎是白的。我母亲的朋友给她介绍了一个传统医生，是印第安人。那人给我研制了一种药，很快我就好了，真是奇迹。"

"我很难想象你金发的样子。"我说，"说起来，你喜欢金发女郎吗？"

"我喜欢黑头发的女孩。"他说，瞥了我一眼，"我从没见过比你的还黑的头发。"

"你在逗引我，你就会逗人。"我说。

"你也挺会的。"他说。

"我从不逗引人。"

"你大概以为我也很粗鲁吧。"

"还用问吗？"我笑着说。

"你为什么不过来和我一起坐？垫子是干的。"

我毫不迟疑地过去坐在他身边的垫子上，垫子小，我们靠得很近，他的胳膊不时碰到我。

我想起他之前没讲完的故事，问他："你还没给我讲你妹妹病故后发生了什么事情。"

"你真想知道？你听了对我的看法会改变，也许会不安。"

"只要讲述不会让你不安就好。"

"麦迪离世后，我离家出走了。"*Luke* 开始说，"在街上结识了一些人，开始走下坡路。我不止为麦迪的离去痛苦，而且对人生感到迷茫，甚至绝望。"

"你干什么了？"我难以想象他说的"下坡路"。

"我干脆不回家了，整天在街上混，常常去偷东西。两次进监狱，我的人生眼看就彻底毁了。"

外面雷电不停，好像要把天空撕裂，我想起刚听说的一个在集市卖鲜花的寡妇给丈夫上坟时遭雷击的事。

我不知道说什么好，看着眼前的 *Luke*，我不能想象他进监狱的情形。

"你在监狱里被关了多久？"我问。

"第一次是六天，第二次整整三个月。那次出来后，我回到了大学，并且毕了业。"他沉默了一会儿，"从没想到我喜欢在这里生活。"

Luke 在看雨，我只能看到他的侧脸。他好像突然间老了许多，显得那么孤独。他大概感觉到我在看他，转过头来看我，或者说看穿我。

"我羡慕你心情的平静，心灵的纯洁，没被污染的记忆，这种记忆是多么宝贵。"罗切斯特这样对简·爱说，但是他错误估计了简·爱。

他看我的眼光很专注，我鼓起勇气和他对视，我的沉默大概使他不安。

"如果你由于我过去的堕落而鄙视我，你最好马上起来坐回原处，在那里你会踏实些。"他说。

"坐在这里我也挺踏实。"我挨近他一点。

Luke 问："你还是我的朋友？"

"即使整个世界诅咒你，我仍然是你的朋友。"我说。

"但愿以后我不会因为没让你把刚才这句话白纸黑字写下来而后悔。"他说，"不过现在听你这样说，我已经心满意足了。"

虽然天上的乌云还没散尽，大雨开始减弱了，其他人从庙里出来，喊声和欢呼声传进来，他们开始下山，有人喊 *Luke* 的名字。

该走了。我从拜垫上站起来，向门口走，腿感觉很沉重。*Luke* 从后面把我拉住："别走。求你。"

我停下，一只脚在门槛外面，另一只在里面，审视他的脸。

雨又下起来了，比起初还大，外面早就没有人了。

"你说过如果整个世界都审判我，你也站在我这边，对吗？"Luke 突然表情严肃地问。

"对，即使整个世界都视你为敌。"

"假如视我为敌的是你的母亲呢？"

"我仍然站在你这边。"

他看着我问："你近来和妈妈的关系还好吗？"

"我也说不清，不想谈这事。"

"我需要再见她一次。"

他说"需要见"而不是"想见"。

"为什么需要见我妈妈？"

他想了想："她了解了我，就不会把我当作一个想把她女儿偷走的美国鬼子了。"

他以玩笑的口吻说，但他和我都没笑。

"对不起，阿梅，我没想让你担忧，不要怕。"他摸摸我的头发，"事情会好转。不管多困难，我们会如愿的。"

尽管他的声音坚定，但我注意到了他脸上一闪即逝的一丝不安，甚至是焦虑。

第二十三章

晚饭后我独自来到槐树林，想静一静。槐树林里的空气很清新，我感到凉爽，湿润。我反复回忆 Luke 和我之间发生的一切，从英文考试开始。

走在树林里我一遍又一遍地回想那天在寺庙里，Luke 说要见微微的事，但是微微的脸总会不知从何处浮现出来，尤其是那天早晨我离开时她醉倒在沙发上昏睡的样子。她醒后发现我不在是什么反应？干了什么？她现在在干什么？我回家见她又会出现什么情景？

马上就中秋了，今年的中秋似乎比往年晚了许多。月亮一天一天圆起来，越来越亮，月光洒在我周围如梦似幻。一阵凉风吹进树林，槐树叶沙沙作响，我不禁打了一个寒战。

正想走出树林，一些响动使我止步。我顺着声音的方向看去，吃惊地发现芬芳坐在一棵树下，头依靠在身后的树干上，手里拿着一条手绢，脸在明月下白得出奇。

我拿不定主意是否去看看她，也许她想一个人待在那里，可是想起我们上次的谈话和她对我的善意，我还是决定过去。

"芬芳。"走近时我轻轻地叫她，害怕吓着她。

"阿梅。"她说，一点也没有吃惊，眼泪却哗哗地流下来。

"我正想走的时候看到你。你想让我坐在这里陪你一会儿吗？"我问。

"过来坐在我旁边。"她说。

下过雨后地很湿，我假装没注意，坐在她身边。

"你在这里很长时间了吗？"我问。

"我没注意时间，我在看月亮。"芬芳仰起头，"你看，她这么美，这么洁白无瑕，可同时又很淡漠、冷傲，好像和我一点关系都没有。"

她的话有点奇怪，以前没听过她这样说话，我不知道怎样回答，就问："你吃过晚饭了吗？"

"吃了，全吐了，恶心，现在肚子空了，都空了，我也空了。"她看看我，椭圆形的脸上勉强挤出笑意。

"他们把我从示范班开除了。"芬芳说。我很震惊，屠辅导员怎么会突然这么做？更让我吃惊的是她受的处分如此严重，发生了什么事？

"这太过分了。"我说，"他因为我和 *Luke* 来往也这样警告过我，迟早我也会被开除。"

"那你怎么办啊？"芬芳问。

"不知道，只是担心我妈妈。"我说，"你怎么办？"

"我也不知道。"芬芳低下头。芬芳比我大一岁，成熟得很，有各种各样的能力和灵气。她懂得这个世界，但这个世界不懂她，我的心在为她而疼，"你继父怎么说？"

"我还没告诉他，我害怕，他对我期望很高，说我的成功会提高他和我妈妈的社会地位。在家里他监督我学习，有时晚上看着我做功课，要求我妈妈也陪着，我不完成功课谁也别想睡觉。"

一只知了突然尖叫起来，吓了我们一跳。

"很晚了，这里又冷，咱们回宿舍吧。"我站起来，想把她拉起来。

"你先走吧，我一个人在这里再待一会儿。"她说。

我刚想走，她又抓住我："记得戈壁滩吗？"

"当然。"我想起我们骑车从澡堂回来的路上互相在风中喊的话，她怎么现在提起戈壁滩来了？

"你仍然想去那里吗？"她问，她的眼睛今晚第一次发亮。

"永远想。你呢？"

"我也想。"她喃喃地说，放开我的手。

知了又在树上叫了，唱这个季节的最后一支歌，它们唱得勤奋，激昂——与其说是激昂，不如说是绝望，好像在招魂。

我回宿舍时，所有的灯都已经关了，女孩们都睡了。我悄悄换上了睡衣，轻轻地爬到床上。

我脑子很清醒，怎么也睡不着。不知过了多久，听到门响。芬芳进来了，她走到自己的床前，站了一会儿，好像在犹豫，然后她转身来到我床边。

"你睡了吗？"她悄声问，轻轻碰了一下我的胳膊。

"没有。睡不着。"

"你能到我床上来，和我一起躺一会儿吗？"

"可以。"我不假思索地说。

芬芳让我躺在里面，我尽量往墙边靠以使她有足够的地方，好长时间我们静静地躺着，面对天花板，在黑暗中听屋内沉睡的鼾声。我等芬芳说话，可她一声不吭。我想说几句安慰话，但想不出说什么。我转过身来对着她，抚摸她的头发。她也转过身来，一只胳膊搂住我。

不知我们这样抱着有多久，我睡着了。睡得不踏实，时时被梦打断。在一个梦里，我和芬芳在写毛笔字——其实生活中我们从没一起练过书法，她也不爱好。我们低头卖力地写的时候，一阵风突然把窗子吹开，芬芳分心了，抬头往窗外看，致使她的笔画乱了，越出了方格界线。芬芳很气恼，扔下毛笔，把纸撕碎抛到空中。碎片变成白色的蚕蛾在房间里慌张地乱飞，直到发现窗口，一个接一个地飞了出去。芬芳也变成了一只蚕蛾，在房间里飞了几圈，好像在找什么。然后，落在窗口，稍稍犹豫了片刻，便又伸开翅膀飞走了。

下半夜我一直睡得很沉。清晨，别人还在睡，我莫名其妙地醒了，我发现身边是空的，芬芳不在，也许她去洗手间了。我等了一会儿，她没有回来。一种不安的感觉促使我爬下床，光着脚走出房间，穿过走廊来到洗漱间。

"芬芳？"我小声叫她。

没有人回答，只有一个坏了的水管的滴水声。

也许芬芳睡不着又回槐树林了，只能等到早操的时候见她了——她纪律性很强，从不误早操。

我回到床上想再睡一会儿，这才注意到一个东西夹在两个枕头之间。我把它拉出来，借微弱的晨光看。认出是芬芳在槐树林里拿的那块白手绢。在手绢中心有一幅钢笔画，无疑是一头骆驼。墨水浸透了白手绢。

我，再也没有看到芬芳。

芬芳失踪了。

学校对她的消失保持沉默，也许他们做的唯一一件事是把她的名字从学生档案里抹去，好像这个人从来没存在过。

　　学生们反应不一，但都猜想她到底去哪儿了，只有我一人知道芬芳的去处。我感激她给我留下的线索，我安慰自己：芬芳永远不会再被戴上枷锁了，因为她太聪明，意志太坚强；她也不会选择死亡，因为她太热爱生命。

第二十四章

　　自从芬芳走后，我一直睡不好觉。每当看到她那只剩下草垫的空床，我就有一种难以形容的空虚感。我把她留下的白手绢藏在枕头下，晚上拿出来看，抚摸不带一点瑕疵的白丝绸。上面芬芳匆匆画的骆驼总是把我带到戈壁滩，我几乎能看到她在骆驼背上，姿势跟她在舞台上一样优雅，她的笑声在风沙里传得很远。

　　周六早晨，我带着同样空洞的感觉醒来。我转过身对着墙，让眼泪流出来。

　　和 *Luke* 说好下午见面，一起骑车去郊外。可是不知为什么，一种不祥的感觉慢慢地袭来。我意识到从那天去爬山，到现在我还没见微微。这种不祥的感觉促使我马上起来，逃掉学习，立刻回家，但愿家里一切如常。

　　在小巷里，我疾步而行，然后小跑，一直跑到家。一推门才知道门上了锁，平常这时候微微都在家的。

　　我赶快掏出钥匙打开门，进家先看到的是写字桌上几个歪倒的奶瓶，墨水从里面流出来，滴到地上。没有做饭的味儿，厨房里的炉子是冷的，火早就灭了。微微的床一反常态地没有整理，很乱，被子丢在地上，看不出她什么时候走的，但很明显她走得很仓促。

以前从来没有发生过这样的事情，微微会去哪里呢？集市早就散了，她也没有朋友可去拜访。

除了甘蔗。

我匆忙离开家，走过院子时，四儿拉住我，要我和他玩抽老牛，我甩掉他的手。

坐在去果园的长途汽车上，我揣摩微微离家时的情景，她也许再也不想见我了，也许她搬去和甘蔗住一起了。可怕的是假如她不在甘蔗那里，我就没有办法找到她了。

半路上下起雨来，雨泼到窗户上使我难以看到外面，我又想起小时候和微微坐长途汽车去集市买大米，我们总是静静地坐在靠窗的座位往外看，无论什么天气，她总是带两把雨伞。

我很幸运，车到目的地时雨停了。

甘蔗办公室的门虚掩着，我没敲门走了进去，里面没人，一切都是我上次见到的样子，只是上次忽略了办公室左边还有一扇门。这扇门开了一条缝，我慢慢推开它，发现里面是另一个房间，比办公室大一倍，有家具和摆设，显然是一个家的客厅。另外还有两扇门，也许分别通向卧室和厨房，这肯定是甘蔗的家了。

我正不知该怎么办，咳嗽声从一扇门传出，我走过去，推开虚掩的门往里看——既吃惊又是预料之中——微微躺在床上，被子拉到下巴。我走近她时，她睁开眼睛，她的脸很憔悴，用吃惊的眼神看着我。

我如释重负，这样找到她真是我能想象的最好的结局。

"阿梅，你来了？我以为你走了。"她说着，从被子里伸出手来。

我抓住她的手，冰凉，有点湿。

"我在。在这里和你一起。"我说，"你病了？怎么到这来了？"

她不回答我的问题，审视着我的脸："你没事吧，阿梅？发生了什么？"

"我很好，没有什么好担心的。"

"那么你回来了？回家和我一起过周末？"

"当然，为什么不呢？"

她看了我好久，才说："你怎么到这里来了？"

"我回家时你不在，看起来好像出远门了。"我说，"我很担心，你为什么到这里来？"

她坐起来，从床边拿起像是甘蔗的上衣，开始缝。

"微微，回答我呀。"

她仍然拒绝说话。

我提高声音："你为什么来这里？来了多久了？说话呀。"

微微用牙咬断缝线："先告诉我，你去爬山了没有。"

"去了。"这次我瞒不过去了，也没有必要瞒了。微微立即用双手捂住脸，好像在抵挡一个看不见的袭击。过了好久，她才把手放下。她眼睛里没有泪，也没有愤怒，我看到的是恐惧和绝望掺杂在一起的表情。

"他跟你说了些什么？"她问，声音有气无力，好像她问不问都没有关系了。

"他说了很多，我不记得……"

微微打断我："他要你跟他走吗？"

"跟他走？！当然不！你就是担心这个吗？"我拉过一把椅子，对着微微坐下，"我知道我让你失望了，可是你不能替我想想吗？"

微微抬起头来，眉毛往上挑。她想说什么，可好像找不到词，于是她又低下头缝衣服。过了一会儿，她才抬起头来。

"你答应过我的，结果你到底还是违背了我的意愿。"她说，一直在纫针就是纫不上。

"你想过我的意愿吗？"

"你的意愿最终会伤害你。"她仍然在纫针，仍然没成功，手开始发抖。

"你只是由于惧怕才这样想象。"我说。

"我不用想象，我知道。"

"我父亲伤了你的心，对吗？"

她继续纫针，终于纫上了，她开始缝一颗纽扣。针没穿进纽扣眼，扎了她的手指，她把流血的指头含在嘴里。

"我跟 *Luke* 不同。"我继续说。

微微慢慢把手指从嘴里拿出来，用很奇怪的眼神看着我："反正，你不能和他在一起，跟谁都行，就不能是他。"

她没有提高声音，可是每个字都说得很慢，像从牙缝里挤出来，要用很大劲。

"就因为 *Luke* 是美国人吗？"

微微摇头。

"那是什么？你在对我隐瞒什么？"我失去了与她如此"捉迷藏"的耐性，抓起她手里的衬衫往旁边一丢。

"他不是你想象的那个人。"她说，"我应该早告诉你的，真不该瞒着你。"

"告诉我什么？"我开始紧张。

"他来这里不是为了教英文，而是为了把你带走。"微微说着用手托起我的下巴让我看着她。

"把我带走？带到哪里？你在说什么啊？"

"把你带到美国。"

"为什么？他是谁？"

"听我慢慢跟你讲，得先从你父亲讲起。"

"我父亲还活着，是吗？"

微微没说话，但她的眼神告诉了我。

"他就是照片里的那个人吗？和外国人站在一起的？"

微微很吃惊："你看到那张照片了？"

"我找一个药方时发现的。"

"不，那人不是你父亲，那个外国人才是你父亲。"

虽然我一直觉得我的父亲还活着，但从微微嘴里得到证实仍然让我很震惊。*Luke*，不管以什么方式，和我父亲有关，一切都超越我想象的极限，听起来如此荒唐，像虚构的小说。近几个月来我所有的经历都闪现在我的眼前，好像洗扑克牌那样，当最后一张牌闪过，我的脑子反倒空了，我像傻子一样盯着微微，等她说话，不管她说什么，我既没有理智也没有感情去提出疑问。

第二十五章

"在黄浦江边寺庙里发生的事只是开头。"微微说,"之后,那人把我带到市里一座房子里关了起来,房间里没有灯,只有蜡烛照亮。黑暗里我以为看到了鬼,听到了鬼的声音,结果不是鬼,却是一个女人,穿着很少的衣服躺在一张没有被褥和床单的木床上。她在唱歌,从那人对她的羞辱中我猜出她是一个著名沪剧演员。她喜欢用女高音的嗓子大笑,好像一支歌中的高音节,让我有点毛骨悚然。她不停地唱,她的歌声本该催眠曲一样,可是却让我无法入睡,她从来不和我搭腔,我也害怕和她说话。也许因为她疯了,那人基本不找她麻烦。他折磨我,想尽一切办法让我受罪。他不让我睡觉。我一打盹他就揪住我的头发,把我的头抬起来,用手电筒照进我的眼睛里。那个男的,年龄和我差不多,在我身上乱摸,我拒绝他,他就会打我。我的身体和我的精神一样干枯了。他折磨我的时候,沪剧演员就脸冲墙唱歌。一天晚上,她突然开口说'快走,还等什么?等人救你?'我吃了一惊,不敢相信是她在说话,可房间里没有别人。她听起来像正常人,声音一反常态地平稳。直觉告诉我和她谈话不会有多大危险。

"'可是我跑不掉。门都上了锁。'我说。

"'看见那个后门吗？你从下面往上抬就会打开。锁不管用，骗人的。'

"'你怎么知道？'

"'这是我家。'

"'你自己怎么没逃跑？'

"'我在这里更安全，在外面，只要被认出来，就会更难忍受。'

"'即使我跑出去了，我能跑到哪里？'

"'去六街最高的楼房，那里也许有人能救你，相信我，你可以去试一试。'

"她的话有道理，但仍然让我犹豫，我不知道她说的也许能救我的人是否存在，可是我还有其他选择吗？按照沪剧演员的指点，我去打开后门。由于身体虚弱，我试了好久才听到门咔嚓响了一下，竟然真的开了，我从来没有那么欣喜同时又那么恐惧过。

"我走出门，来到外面，先沿着一条狭窄的里弄走，走出来后，我发现自己站在一条很脏，好像被遗弃的街上，我开始找六街，纵横交错的大街小巷使我晕头转向。终于找到六街时，夜已经很深了，街上漆黑，几乎没有行人。我朝着一幢大楼的灯光走，走了很久，感觉好像永远到达不了。我没有劲跑，有时还要坐下来歇一歇才能继续走，在一个大院的墙根处休息时，一个外国人从我身边走过，我想向他求助，但很害怕，我从来没跟外国人用英文对过话。这时，那个外国人转过身来，打量了我一眼，看我身上的衣服很破。他问我：

"'找人吗？'

"'没有人，我母亲死了，父亲在劳改，也没有了家。'

"'你怎么学会说英语的？'

"'我父亲教我的。'

"'你多大了？'

"'二十一。'

"我很为我磕磕巴巴的英语感到难为情，可是他好像听懂了，他示意我跟着他走，我犹豫了，可想到继续待在街上，也许会被那人找到，还不如跟着他走，我跟着他转过高楼的拐角，停在楼后面的一幢房子前面。

"我还是第一次见到这么漂亮的房子，白色石头墙，拱形屋檐，屋檐下放着陶瓷大花盆，里面的花我也叫不上名字。外国人打开门，站在一边，让我先进去。我不知道能否信任他，可是没有时间犹豫。

"我刚迈进门膝盖就软了，外国人抓住我，我才没摔倒。他随即把我抱起来，穿过一条走廊，进到一个房间。他一把我放在床上，我就昏过去了。

"我不知道睡了多久，睁开眼时，首先看到的是一张陌生的脸庞：灰眼睛，棕头发。他的手轻轻地摸了一下我的额头，可能是看我是否发烧。我回忆起他就是把我带到这里的那个外国人，他对我微笑着，好久没有人对我笑了。

"'你睡了两天了。'他说。

"'对不起。我马上离开。'

"'不，你留下，这里很安全。我叫威廉沐。'

"'我叫雨，我很饿。'

"都那么多年了我仍然记得那些对话。奇怪，你想忘却的却偏偏记得最清楚。我发觉自己身上穿的是别人的干净衣服，我马上警觉起来，用双臂挡在胸前。

"'女佣给你带来一些衣服，你睡觉的时候给你换上的，我想你穿睡衣会更舒服一点。'

"'用人在哪里？'

"'她明天早晨来给你送早餐，你要多吃饭身体才能恢复。'

"他看起来很善良，对我也很尊重，他的灰眼睛总带着笑意。我开始和他说话了，英文掺杂着中文，我们勉强互相听得懂，我时常让他重复，他很耐心，说要教我英语。他说他是一个美国烟草商，来上海做生意。

"'你有什么计划吗？'他问。

"'没有。'

"'你有其他家庭成员或者亲戚吗？'

"'我父亲出事后，他们全和我断绝关系了。'

"'你在我这里住多久都可以。'

"他不在的时候，我观察了一下房间。我躺的床是白色的，床垫像羽毛一样柔软。窗帘也是白色的，有花纹。床头桌上有一个暖瓶和一个有教堂图案的茶杯。白墙上挂了许多西方绘画。我如同身处在另一个世界。

"第二天一早，一个上海老妈妈来了，挎着一个篮子。她很矮，一口浓浓的上海话。她喂我豆浆和油条，我的手发抖拿不稳东西。老妈妈姓沈，她喜欢说话，可是不强迫我回答她的问题。

"'你怎么到这来了，姑娘？噢，不说没关系，其实不说也好。'

"沈妈对我是莫大的慰藉，有她我感到更安全了。没有别人来走访，威廉沐是一个绅士，我感激菩萨的慈悲。

"一天，威廉沐提前回家，手里拎着一个黑白色相间的大纸包，说是给我买的衣服。那时候，我很需要衣服，来时身上的衣服已经又破又脏，让沈妈给扔掉了。包里有两件上衣，一件粉红色，另一件淡黄色，领口有花边。两条裤子，黑色和褐色，我穿上淡黄色上衣和黑裤子。

"威廉沐带我到了许多我从没去过的地方，我记得最清楚的是黄浦江码头上的酒馆，那些都是外国人常去光顾的地方，我好像突然进入了一个异国世界，霓虹灯，轻柔的音乐，空气里飘着香水味。威廉沐给我买了各色各样的饮料，喝了感到一种有点发晕的欣快感。当他来握我的手，用胳膊搂我的时候，我也不躲闪了。我喜欢闻他西服上的味儿，喜欢把头靠在他的肩膀上。我多么需要一个能够依靠的肩膀啊，一个不会突然消失而让我扑空倒下的肩膀。我忘记了自己的处境，甚至忘记了那个黄浦江边的寺庙。

"慢慢地，我也忘记了我自己是谁，穿着新衣服，身处新的环境，在威廉沐身边，我变成了另外一个人，真正的我在这个陌生人面前隐藏起来，得到喘息的机会，直到事情开始起变化。

"大约半年之后，有一天我发现自己穿不进裤子了，这才知道我怀孕了。不知道威廉沐对我怀孕一事会如何反应，我只告诉了沈妈。但是我的肚子仍然一天一天地大起来，知道再也瞒不过威廉沐的眼睛，我只好跟他说了实话。

"他先是吃惊，然后开始回家越来越晚，解释说工作忙。他变得少言寡语了，我每次询问他，他总是支支吾吾地说没事，一切都好。他渐渐地不去我的房间了，怀孕八个月时我开始出血，威廉沐请来一个金发碧眼的女医生。我老老实实地卧床了，可是心境却不能平静，更何来喜乐？威廉沐喝酒越来越多，显得越来越烦躁。我已经很清楚我肚子里的孩子并没有给他带来做父亲的快乐，相反给他带来了烦恼。我相信他不仅不想要这个孩子，连我他也不要了。我也意识到，假如没有他，以我自己的处境是不可能养活一个孩子的。

"离预产期还有十八天的时候，我早产生了一个女儿，孩子很小，像小巷里的饿猫，一身病态，一头卷得很紧的黄头发。

"我等待威廉沐来看我和孩子，希望他亲眼看到自己的亲骨肉时，会被感动而萌发做父亲的愿望。第二天威廉沐来到医院，我闻见他身上的酒味，我把孩子递给他，他接过来，坐在椅子上，看着怀里的孩子，却没说一句话。我不知道他在想什么，然后他把孩子还给我，说还有工作上的应酬，就离开了。威廉沐又来过两次，每次他抱着女儿，都不说一句话。在医院里住了一个多星期，威廉沐说付不起住院费了。

"威廉沐很少接近孩子，偶尔抱起，也像在医院那样，只看着她，不说一句话。我想也许孩子大一点好看了，逗人了，他会改变的。我孩子三个月的时候，威廉沐向我吐露了一件一直瞒着我的事情：他在美国已有家室，一个妻子和两个学龄前的儿子。他完成了在上海的生意，需要回美国了。他说很想带我们母女一起走，但暂时不行。情况允许时，他会来看我们，把我们一起接到美国。他说：'我会做妥善安排的。'

"他做了很多许诺，我只是点头，但我的心一直往下沉。我的直觉告诉我这是我们在一起的最后一晚。

"第二天早晨我醒来时威廉沐已经走了，他留下了一年的租金和生活费，大概就是他所说的'妥善安排'吧。为了方便照顾我们母女，三个月后沈妈把我们接到她家，住在阁楼里。

"我不敢出门，而从出生到三个月大，孩子好像没长，我怕她会死去。我病了，病在心里，每夜做噩梦。每当我从梦中惊醒看到身边的病儿，我就会控制不住喊叫。幸亏这时沈妈和她女儿要迁居到北方，她们把我也带上了，突然去遥远的北方好像模糊了一些记忆，使我暂时从痛苦里解脱出来。沈妈经常给我带花，很少见的蓝色龙胆花。她说可以安抚婴儿，保住她弱小的生命。她告诉我龙胆花经得起极端环境的挑战，不管气候异常、土地贫瘠，在寒冷中、狂风中，它们依然能在悬崖乱石中生存。沈妈每天为我熬龙胆花汤，我忍住苦味喝下去。我还把龙胆花撒在婴儿的摇床里，夹在婴儿毯子的褶皱里，放在她紧握的小拳头里、她的发卷里，还有窗台上。蓝色的鲜花到处都是，婴儿在龙胆花的清香和苦味里长大，黄黄的头发也逐渐变黑。"

微微讲完了，我从暖瓶里倒了一杯水递给她，她呼噜呼噜喝下去，好像很渴。我有那么多的疑问，可是不知道从哪里问起。照片里的外国人就是我的生父？我不是一个纯粹的中国人，一半是美国人？我不幸的自来卷来自他，微微一生强迫我给头发上电刑毁掉一个又一个的卷，像驱逐冤鬼那样，来自他？！

我想了想问："他再没有跟你联系吗？"

我用了"他"，因为我叫不出他的名字，更不用说"父亲"二字。微微没马上回答。我想，还用问吗？当然没有。

"你为什么要瞒着我这些事？"我问。

微微眼睛往卜看："因为羞耻，我不能告诉你，不能让你知道你的父亲并不欢迎你来到这个世界，甚至抛弃了你，我不想让自己的女儿像我那样有毁灭性的羞耻感。"

我拿起微微的手，贴在自己脸上。

"假如你知道自己有一半不是中国血统，你会活得很艰难。"微微又说。

"那么家里墙上挂的那张照片是谁？那个我一直相信是我的父亲的人是谁？"

"那是一个医院的男护士，名字叫魏杰。"微微说，她指指脖子上的疤痕，"当时这个伤口感染了，我连续几天高烧不退，没有他精心护理我，我会死在医院里。"

微微终于把我生父的故事告诉了我，我终于知道了父亲是谁，然而此刻，我反倒出奇的淡漠，我竭力回忆照片上那个外国人的样子，但是很模糊。

我感觉和这个叫"威廉沐"的好像没有丝毫瓜葛，对他我也没有怨怼或敌意，他只是小说里一个虚构的人物。

"那么所有这些和 *Luke* 有什么关系？"我问，已经等不下去了。

第二十六章

微微终于要讲我最想知道又最害怕知道的实情：

"一年前我收到威廉沐的一封信，信中说他非常抱歉遗弃了你，说十八年来他一直悔恨，不知道你的情况使他很受折磨，信中他一遍又一遍地请求和你建立父女关系，告诉我他会指派人接你去美国。他说只是暂时的，可是我相信你一旦到了美国就不会回来了，我就再也见不到你了。当你告诉我你突然有一个从美国来的英文教师，我就怀疑他是威廉沐派来的人，再看到他和你在一起，我就完全确定了。"

Luke 是被指派来接我走的？我所谓的父亲给了他使命，一个不想要我并在我还是婴儿时舍弃了我的父亲。Luke 并不是我所知道的"Luke"，但他却知道我是谁。

"那封信在哪里？"我问。

"我把它撕碎后扔进炉子里了。"

"你为什么不早告诉我 Luke 是谁？"

"我不想让你知道你的父亲还活着，并且要把你接到美国去，我知道你一直想要一个父亲，再说美国对你会有强大的吸引力！"

"可是为什么？"我已经知道为什么，可我要从微微的嘴里听到。

"我害怕你会离开我。"微微说，"我想如果我阻止了 *Luke*，这一切你就不会知道，没想到他打破了对我的承诺，那天你去爬山后，我以为再也见不到你了。"她开始哽咽。

"这些事 *Luke* 只字未提。"

"他当然不会提，他知道你不会相信他，更不会轻易让他把你带走。他很狡猾，想首先赢得你的信任，诱惑你，然后你会自愿跟他去美国。"微微又开始啜泣，"你从小就渴望有个父亲。"

微微一直在警告我的灾祸终于成了现实，如同一股龙卷风把我从地上卷起，狂暴地抛到空中。

"不。这不会是真的！"我本能地抗议。

此刻我有一种逃离这个房间的冲动，好像这里就是恐怖的根源，好像如果不赶快逃走，我就会变成一根木桩被钉在这里。

我站起来，微微一把抓住我："等等，还有一件事我没告诉你。"

"够了！已经足够了！我不想再听了！"我甩掉她的手往门外跑去，不管她在身后如何叫我。

我跑出果园的大门，然后继续往前跑，没有目的地，直到发现自己跑进了一片菜地里。

又下起了雨，瞬间变成了倾盆大雨。雨水淋湿了我全身，我冷得发抖。现在是晚饭时候，可是乌云密布，天黑得如同深夜。脚下是又软又深的泥土，我的脚几次陷进去，我手脚并用才把脚拔出来。

我不知道自己在哪里，可是我并不害怕。

回想起来，我才发现一些可以暴露 *Luke* 动机的线索和细节：我第一次见到他时，他知道我的年龄；他对我的家庭的好奇；他问我是否向往美国。他给我介绍西弗吉尼亚，威廉沐的居住地，从那首"乡村路"的英文歌到他的《国家地理》杂志里的西弗吉尼亚的图片。的确，我不知不觉地爱上了那个美丽的地方，有了一种奇怪的归属感。

我好像在泥泞的地里走了好久，可我看不到长途汽车站。周围是大片大片一望无际的农田，我迷路了。没有选择，我只能往前走，雨点打在我的脸上，一只狗不知在何处不停地狂吠，远处鬼火般的光亮时隐时现。

我又一次想起九岁时，微微把我遗忘在公园的一幕，她到天黑才回来。我站在那儿等，周围的木制动物冲我张牙舞爪。

芬芳的脸在我脑海里出现，她此刻肯定在戈壁滩一顶温暖的帐篷里，蜷缩在炉火边，翻看一本杂志，或者听帐篷主人讲古老的故事。我在泥泞里跟跟跄跄地不知走了多久，快撑不住时，一束光照在我身上。

"阿梅，是我。"甘蔗的声音。

劳累和释然使我差点倒下，幸亏甘蔗扶住了我。

"微微让我出来找你。"他把雨伞擎在我头上，"跟我走，卡车在不远处。"

甘蔗挽着我的胳膊和我一起走出庄稼地，来到停在一条小路边的卡车旁。他帮我爬进去说："我送你回家。"

"那微微呢？"

"她要和我一起出来找你的，可我看她好像筋疲力尽了，今晚她住在我那里，明天一早我把她送回去。"说完，他启动了车子。

我冷得牙齿打战。

"你的衣服湿透了，把这些衣服换上。"他递给我一个包，"你妈妈让我带给你的，这里还有一个毯子，旧了，却还干净。"

甘蔗一直看前方，不再转头，给我机会换衣服。我迅速地换好衣服，再裹上毯子，用它的一角擦擦脸。

"发生了什么事情？你妈妈在哭。"他问。

我怎能用几句话总结一生的故事？

"我们吵嘴了。"我淡淡地说。

"是啊。"他说，不再问下去。

因为下雨，好长时间我们才到，甘蔗关掉发动机，"我送你到家。"

他在家门口止步，"你今晚一个人没问题吧？"

"没有。"我说。

他用右手拍了拍我肩膀说："好好休息。别忘了插门。"

"看好微微。"

"她在我那里很安全，你照顾好自己。"说完他就走了。

我坐在沙发上，脊背僵硬。

我生活中的一切好像都戛然而止了，如同电影胶片卡住后一个画面在银幕上冻结，故事，不管多么美好，多么诱人，多么生动，不能往下进行。

今晚我不可能睡觉了，我在房间里转来转去，最后在桌前坐下。微微没把笔墨收起来，桌上留下干墨点和没洗的毛笔，宣纸上没有字，只有一点墨迹。我有心研墨写几个字，但看着墨石却不去拿。我愣愣地看看周围，视线落到微微的药柜上，它在黑暗里沉重地立在那里，好像要把下面的地压裂，我的目光停留在药柜最下面的那个藏有照片的抽屉上。

我走过去，钥匙仍在我放的地方。我用它打开抽屉，拿出照片。回到沙发坐下，凝视手里的照片，我的美国父亲。很奇怪，一种渴望不禁从心底萌发，我想象一个女儿被自己的父亲拥抱是什么感觉，我想念父亲，好像他一直存在于我的生活中，好像他几天前才出发去旅行，我正盼望他回来，好告诉他他不在时所发生的一切。但是他不是照片里的这个父亲。

这个灰眼睛的人，现在我才注意到他的棕色卷发，和我的一样。这是个陌生人，石头一般冷的脸，从照片里看着我，很淡漠，有点疑惑，有点恼怒，我在审视他，侵略他的空间和隐私。

"父亲"：前不着村后不着店。

不管东南西北，中国或美国，我两岁或十八岁，我的生命里没有父亲。他和我没有瓜葛！他和我没有过去，也不会有将来！

"父亲"：父命难违。

什么命令？我的父亲没有权利来命令我，更不可能把我招到美国去。

"父亲"：上阵父子兵。

和谁打仗？我母亲吗？什么样的仗？

我来到院子里，裹着甘蔗的毯子仍然发冷。月亮很大，很重，她挂在天空，好像不能支撑自己的重量。同时她出奇地亮，好像无所不知，但不可触及。我凝视她久了，她就开始在我的眼里成形。我寻找嫦娥的影子，假如我能看到她，有一个灵魂出窍的经历，也许一切都会变得清晰，有了答案，也许我会看清我自己到底是谁。

想起另一个嫦娥的传说，在这个故事里，嫦娥不是被逼到月宫里的，而是她的丈夫辜负了她。丈夫对长生不老着迷，他把嫦娥留在家里，独自去找永生的仙丹。最后他来到昆仑山顶，从仙女那里得到了灵丹。仙女告诉他，假如他独吞灵丹，就会立刻升仙；如果和他妻子各半分享，两人就会在人间长生不老。

中秋节那天，已经离家三年的丈夫回家了，准备和妻子一起吃灵丹，可是嫦娥深感被遗弃，痛心之下吞下了灵丹，以为是丈夫打猎用的毒药。她立刻就升仙，降落在月亮上，月亮马上就满了，嫦娥吐出灵丹，灵丹变成了一只玉兔与她相伴。

从那以后，中秋节那天人们可以从月亮里看见嫦娥，她怀抱玉兔寻找人间的丈夫。

一阵风吹来，我又打了一个寒战。

第二十七章

　　早晨，甘蔗还没送微微回家。我等不下去了，匆匆地吞下一碗泡饭和一个煮鸡蛋，然后就离开了。

　　公交车破例按时来了，我被永远焦虑的乘客们推搡着上了车。心情急切，感觉车在柏油路上爬行，一路上停下多次捎上学生和早班工人。终于到大学门口，没等车完全停下我就跳下去了。

　　路过食堂，我想起 *Luke* 看见我把饭盒里的白菜汤洒在地上的窘况，这一切都没有意义了。

　　我爬楼来到五层，往他办公室走的时候，我的脚步开始犹豫，我为什么到这里来？事实已经赤裸裸地摆在我面前了。来指控他？控诉他？还是要听他辩解，明知是谎言？太可悲了！

　　我停下脚步，想掉头走开。

　　"是你啊，我听到了脚步声。" *Luke* 的头探出门外，"进来。"

　　我不由自主走了进去，他把门关上，说："嘿，我的女孩。你到哪里去了？我以为再也见不到你了，正准备去找你呢。"

　　我本能地往后退，"我不是你的女孩，从来都不是，将来也不会是。怎么能做你这种人的女孩？！一个背叛我的说谎者，一个策划阴谋的骗子！"

他皱了一下眉头，显得有点迷惑，更多的好像是被逗乐了："什么？你又在背诵《简·爱》吗？现在我真的后悔没读过这本书了。"

"不。我不是背诵《简·爱》，但是像简·爱一样，我现在就要从你邪恶的圈套里挣脱出来，再也不上当了！"

"发生了什么事情，阿梅？你为什么说这些话？"

"我妈妈把一切都告诉我了，你的一切，你究竟是谁？"

他把两个胳膊甩来甩去，不知如何是好，过了一阵他镇静下来，"我本想把一切告诉你，不料你母亲领先一步，不管她说了什么，但都不能改变我喜欢你的事实。"

"你在撒谎，你所谓的喜欢，不过是想把我带走，带给一个自称是我父亲，可从我出生就遗弃了我的人，他许诺了你多少钱？"

Luke 张嘴想说什么，又咽了回去。我把他这个举动看作是承认我对他的谴责。我多么希望他会激烈地否定我，然后告诉我另外一个故事来推翻微微的讲述——无论那个故事多么牵强，多么荒唐，我都想听一听。

可是他只是指着一张椅子，"坐下。"声音很低沉，很严肃。

"我现在应该告诉你了，其实一开始我们就应该有这场谈话，我把事情搞砸了。"他下意识地搓自己的手。

我坐下了，因为过分激动有点头晕。

"的确是你父亲指派我来的，这是真的。"

最后一丝希望破灭了，我从椅子上站起来。

"等一下。"*Luke* 把手放在我的肩上把我按住，"你必须听我解释，你需要知道事情的全部。"

也许他意识到自己有点太强制，"对不起，阿梅。"

"快说，我还要去上课。"

"你要不要喝点水？"

我摇摇头。

"那是去年感恩节的时候。"Luke 说，"你父亲第一次提到你，对认识他的人是一个震撼。那以前，没有人知道你的存在。听起来难以置信，但是所有的人都相信这是事实，因为你父亲是一个很严肃、很诚实的人。"

Luke 从水瓶里喝了一口水："从那以后，他频繁地提起你，但并没有多少可说的，因为他对你一无所知，可是找到你成了他唯一的心思，甚至心病。"

"他怎么找到我的？"我打断他。

"你父亲拥有一个规模庞大的电子公司，在中国有许多业务关系。他打了无数电话，写了好多信，直到得到了你的消息。他决定找到你，把你接到美国。"

"为什么？"

"为了给你一个更好的未来。"

"他为什么自己不来找我？"

"那是他的初衷，他想见你的渴望超过了一切，可是在即将启程时，他病了，病到不能旅行了。"

"所以他雇了你，一个刚毕业的贪图金钱的大学生？！"

"我——"

"为什么现在才想起来找我？十八年他没有一句话，一封信，现在突然承认了我的存在，并且要和我建立关系？"

"这原因一开始对其他人确实是个谜，但知道他的病情以后事情就清楚了，医生诊断是癌症。他知道自己的日子不多了，所以才想方设法地找你。他在上海的生意伙伴帮助我联系到这里教英文。"

我站起来，走到窗前。

"一个濒临死亡的人被愧疚折磨，要赎罪，以便在离世时良心不受谴责。"我说，"并不说明他对我怀有亲情，我只是一个很久以前就从他记忆里抹去的人。"

"我能理解你的想法。"Luke 说，"但是他的确真心地想为你提供更好的生活，他给你留下了一笔不小的财产。"

"他什么时候去世的？"

"我飞往中国的一个星期以前。"

"在这期间你对我所有的表现和表白的唯一原因是为了完成你的任务吗？"

"一开始是，但是情况很快改变了，我真的爱上了你，我没有计划去爱你，我努力抵抗对你的感情，害怕会妨碍其他的事情……"

"其他的事情？"

"我会解释，但是先让我说完。"他说，"我很多次试图告诉你真相，可是失败了，我害怕告诉你后，你就会远离我。"

"我怎么知道你说的是实话？"

"这个问题你要问自己的心。"

我站着不动。

"如果不是你的意愿，你当然不需去美国。"他边说边靠近我，"是你的选择，你已经成人，能为自己做决定。"

"你是说要舍弃你的任务，背叛一个死人的意志，扔掉承诺给你的那笔钱，因为我留下来吗？"

"假如那是爱你的代价，是的。"他拿起我的手，"只要你在这里，我就继续待在中国。"

他把自己的额头贴在我的额头上，他的又短又直的头发戳到了我脸上。我想抚摸他的头发，搂住他的脖子，可一种无形的东西阻止了我，它卡在感情和理智之间，如同一只未成熟的蚕，虽小，却能在一个比它大百倍的桑叶上啃出一个洞。

他瞒了我那么久自己的真实身份，我怎么能再相信他？或者还有更多的谎言等着我？

Luke 和我就这样静静地僵持着，直到一个学生来敲门。

在二层楼的楼梯口，屠辅导员拦住了我。

"跟我到办公室来，我有话跟你说。"他显得既严肃又担忧，可他的声音暴露了轻蔑和恶意。

进到他办公室后，他没说让我坐下，而是不紧不慢地给自己沏茶，往茶杯里吹气，喝了一口后才指了指一张硬椅子，眼睛在我身上扫了一圈后才说："你应该想得到我为什么叫你来这里。"

"不。我想不出。"我已经学会和他直来直去打交道。

"我想你是知道的，硬逼我说出来的话，当然是你和美国人的关系问题。"

"你这次有新词儿吗？"我看着他的眼睛。

"我不喜欢你说话的口气，不过鉴于你现在糟糕的处境，我就不计较了。"他嘴对着茶杯呼噜一番。我挺直背，迎接他的目光。

"学生管理处开了会，决定把你从示范班开除。"他用手指敲了敲桌子，好像要把他的话用锤子钉进去。

我说什么呢？不公平？处分太过分？说什么都没有用了。

"别怪我没警告过你。"他说，"我警告过你多次。"

他最后一句话最让我恶心，每个拖着长腔的音节都含有掩饰不住的嫉恨、轻蔑，甚至幸灾乐祸。

"你在开除芬芳之前警告了她几次？"我脱口而出，"谁也不知道她去了哪里，你知不知道我们可能再也见不到她了？"

我突然提起芬芳让他惊讶，但只有几秒钟。

"她是自作自受，每个人都有两条腿，要到哪里去别人管不了。"

"如果没被逼到那个程度她不会走的。"我说，心里的愤怒爆发了。

"我倒觉得你把这个谈话带到了危险的路上！"他提高了声音，"你还是为自己想想吧，悬崖勒马。"

我从椅子上站起来。

我向门口走的时候，他说："你大概知道你的美国老师在这儿待不了多久了吧。"

"什么？"我吃了一惊，*Luke* 没跟我提这件事。我魂不守舍，不再听屠辅导员说什么，离开了他的办公室。

我完全没有心思和精力去上课，径直走到宿舍，爬回我的床上。好多女孩已经把蚊帐撤了，我留着，我需要一个空间藏身，像一只猫那样，蜷缩在最小的空间里才感到安全。

第二十八章

不知我在蚊帐里蜷缩了多久，牛姐急三火四进来拿她的饭盒。

"去吃午饭吗？"她问。

"我不饿。"我说。

"你在绝食吗？"

"我吃了从家里带的点心。"我编了一句。

"好吧。不过再瘦下去，你就成隐形人了。"她又一阵风般跑了出去。

想起食物让我恶心，一吃东西就觉得人在膨胀，我好像明白为什么芬芳要强迫自己呕吐。现在看着她的空床，我不由又想起她消失的那天晚上我们躺在一起的一幕，她微微发抖的手放在我肩膀上，冰冷的脚腕碰到我的脚心。

我拿起组织学讲义，可是一页没看完肚子就开始疼。我尽量不去管它，可越疼越厉害。我记得十四岁时也这样疼过，当时微微在床上躺了一周拒绝起来，我的疼痛逼她起床，为我熬了一服中药。

有人敲门，门是开的，透过蚊帐，我看到一个熟悉的身影。

"阿梅？"*Luke*站在门口试探地叫我，他从来没来过女生宿舍。

"我在这里。"我说。

他走近我的床:"牛姐告诉我你在这里,我一直在找你。"

"他们把我从示范班开除了。"我说。

"什么?这是什么时候发生的?"

我简短地告诉他,一说话肚子更疼。

"我要去找他们。"*Luke* 说。

"不要。没用的,何况你自己处境也不好。"

"你妈妈会有什么反应?"

"不管怎样,比起她所经历的事,这算不了什么。"

"很对不起,我给你惹了麻烦。"

"我仍然会去当医生,不管哪种,不管他们把我分到哪里,即使是乡下。"

"我很佩服你的精神,阿梅。"*Luke* 说,然后换了一种口气,"你能不能打开蚊帐,至少我能看到你?"

我把蚊帐掀开,两边系好,可是我爬下床的时候,一阵剧痛使我几乎从梯子上摔下来,幸亏 *Luke* 接住了我。

"怎么了?"他问。

"肚子疼,疼得厉害。"

"是不是吃了坏东西?要喝水吗?"

我摇头:"我需要吃药。"

"我送你去医院。"

"我需要我妈妈的中药。"

"那我送你回家。"

我还没来得及回答,他就把我抱起来。

"让我走吧。"

"别动。不然你会摔下去。"他说，抱着我走出门去。

我疼得顾不上反对，让他抱着我走过走廊，直到外面他停自行车的地方，几个女生看着他把我抱到后座上。

"抓紧我。"他说。

我双手抱住他的腰，勉强说清楚我家的地址。他脚一蹬就骑上了车子。我闭上眼睛，不关心行人是否在好奇地看我们。

快到的时候，*Luke* 突然停车，转过头来问："那是你妈妈吗？"

好半天我才看到街对面坐在马路沿上的微微，她呆呆地看着前方，没注意到我们。

Luke 骑车过去，停在微微面前。她这才看到我们，满脸惊讶。她大概是匆忙离开家的，腰上仍然系着围裙，很脏，头发也乱蓬蓬的，几乎像有时在街上看到的疯女人。

"微微，你坐在这里干什么？"我一边捂肚子一边问，"你丢了钥匙吗？"

"阿梅！是你，阿梅。"她马上站起来，一把抓住我，"我去找你了，可是找不到。到处都找不到，阿梅，你怎么了？脸白得像鬼。"

然后她转向 *Luke*："你为什么还不放开我女儿？！"她的语调依旧很软，但是可怕。

"阿梅肚子疼得厉害，微微夫人。"*Luke* 说，"她需要你的中药。"

"阿梅病了？"微微立刻放下 *Luke*，瞪大眼睛上下打量我。

"我肚子疼。"我说，"记得几年前有一次我肚子疼吗？跟那次一样。"

微微想了半天才醒过神来。

"噢——是。对！我有一个方子。快！快！"她放开我，往前走。

Luke 叫住她："上车吧，微微夫人。这样快一些。"

Luke 扶我坐到大梁上，微微坐在后座上。到家门口时，Luke 把我抱进去，跟着微微到我的房间，把我放到床上。

"你脸上一点血色都没有，疼得很凶吗？"微微问。

"嗯。像刀子刮，快给我熬药。"

"我马上熬，很快的。"说完她匆匆走出我的房间，可马上又转回来。

"缺少一种药材，家里的用完了，没有它药方不管用。"她急得用手擦额头上的汗。

"从哪里能买到这个，微微夫人？"Luke 问。

"有一个地方，但是太远。"微微说。

"告诉我在哪里，我骑车很快。"

"你知道最南面那个鱼市吗？中药店在它旁边。"

"有一个拱形门面的鱼市吗？"

"就是那个，记住。"微微把药材名字告诉 Luke。

"我很快就回来。"Luke 转身离去。

即使在疼痛中，我也没漏过微微和 Luke 对话的每一个字，听来那么正常，自然，像认识好久的两个人。为了我，他们忘记了自己是谁，也忘记了对方是谁。

"你为什么去找我？"我问身旁的微微。

"别说话，休息。"

好像过了很久 Luke 才回来。

"这个，微微夫人，给你。"他上气不接下气地说。

微微闻了闻："对了！"她即刻去了厨房。

几分钟后，药香就充满了房间。

Luke 在我身边坐下："仍然疼得厉害？"

我点点头，被他握住的手软弱无力。

微微端来了中药，*Luke* 扶我坐起来，用勺小心地喂我，疼痛使我忽略了药汤的苦味。

"这服药见效很快。"微微说，站在一边看我们。

果然，喝完药不到一小时，我的疼痛就明显减轻了，只留下轻微的钝疼。

"我还给你买了另一样东西。"*Luke* 说着起身走了出去。

"跟他说他可以走了。"微微压低声音对我说。

"再等一小会儿。"我悄声说。

Luke 回来了，端来一个篮子。

"你最喜欢吃的红枣。"他沾沾自喜地把篮子搁在我身边。

微微一把把篮子抓走："这些对你的胃不好，尤其现在。"

微微去厨房后，*Luke* 挨近我，他的鼻子几乎碰到我。

"你为什么这样看我，好像从来没见过我？"我问。

"就是那样。每次看你，你都不一样，都像第一次看到你。"他说，"尤其在我差点失去你以后，我又重新爱上你了，回到我身边来吧，阿梅。"

我没有说话，只点一下头。

"点头我也乐意接受。"他说，在我脸上亲了一下，很轻，很暖。

微微又转回来了，她两边看看，决定坐在床对面的椅子上。她不直接看 *Luke* 和我，但她把一切都"看"在眼里，我们三人僵坐着。

Luke 先站起来，"我要去打一场篮球。"他说，轻轻拍了一下我的背，然后转向微微，"下次见，微微夫人。"

微微不说话，也不看他。他一出门，她就坐到我床边，很着急地说："阿梅，你不记得我告诉你的话了吗？怎么还和他在一起？你必须马上停止。"

"可是他说他爱我，你亲眼看到了他是多么爱护我，甚至为了我，愿意留在中国。"

"但是你不能爱他。"

"他并不是你想象的那样。"

"他也许也不是你想象的那样。"

和微微不欢而散，我独自走在柏油马路上，我需要好好地想想最近发生的事——关于父亲，关于我的感情。晚风迎面扑来，像砂纸一样打磨我的脸。逆风走累了，我就换一个方向，反正走到哪里都无所谓的。

高高的，勺子形的路灯时而出现，黄色的灯光射到地上时已失去了亮度。有些灯，也许线路接触不好，只偶尔绝望地闪几下。

商店都关了，门面或者被厚重的木板遮住，或者像监狱那样被铁丝围起来。

一对年轻的情侣挽着手臂从我对面走来，又从我身边走过，看也不看我这个和他们一样的夜行人。肯定是初恋，只有他们会这个时候在外面走，不理会走到哪里，只希望脚下的路很长。

一个中年男人在收拾他的糖果摊，别人收摊的时候，他大概打盹儿了，不知道时间已经走在了他前面，想必在家里等待他的妻子担忧了，不知道他何时回来，饭菜热了又热……他也不看我一眼。

我已经漫无目的地走了许久了，夜深了，没有人，什么都没有，公交车早就不开了，路人早已回家。我是街上唯一留下的一个，走来走去。当我忽然听到身后奇怪的响声，我几乎高兴起来——换一个时候我会害怕。我转过身，看到的竟然是一驾马车，乡下常见的那种，很奇怪在这个死寂的时间出现。

当马车超过我时，我看清赶车的是一个老头儿，穿着一件破旧的外套，头上戴一顶捂住耳朵的帽子。

我的膝盖累得直哆嗦，应该叫住马车上让它拉我一段，可它已经跑到我前面，追不上它了。正灰心丧气，马车停住了。我拖着腿走近它，用尽身体里所有剩下的力量，爬上了车尾。

赶车人一直没有回头，我想我的重量比起车里小山一样的大堆白菜无足轻重，他不会觉出我上了车。

马车又继续走，我不管它会把我带到哪里，我静静地坐在车尾，小心不滑下去。马车的颠簸带给我的晕眩和瞌睡使我感到放松，加上疲累和饥饿，我很快昏睡过去。

"吁——"车夫让马慢慢停下来，把我从沉睡中唤醒。

我惊讶地发现马车竟然停在了校园里面，难道看大门的老大爷给马车打开了大铁门吗？我坐着不动，犹豫是否应该跳下车，车夫耐心等着，无声地，却执意示意他已经把我送到了我的目的地，我命运的交叉口，而我似乎也想明白了所有的矛盾和感情，定下了要走的路。

第二十九章

今天早晨醒来，我不仅不沮丧，不悲伤，反而心里很舒畅，很安宁！

阳光射进窗子，很耀眼，我眯上眼睛，伸伸胳膊，享受太阳的光亮和温暖带给我的安乐。我睡了一个好觉，连梦都没做，我觉得神清气爽，像新生儿那般，不再是昨晚那个被熬煎的灵魂。

在我身边不远处的椅子上，*Luke* 仍在酣睡，他的呼吸平稳，额头松弛，我这才陡然想起，昨晚太累太晚，迷迷糊糊地跑他这里来了。

Luke 睡觉的时候，我观察着房间——昨晚我过于焦虑没注意周围——家具和摆设很简单，桌子、椅子、沙发、书架和一般中国家庭很相似，墙上挂着一幅中国水墨画，唯一惹眼的是一个草编的圆形大篮子，里面有各种体育用品，最上面是两个篮球。最吸引我的是墙上的照片，首先是一张全家福，里面站着的显然是小时候的 *Luke*，还有一个圆脸的女孩，想必是他的妹妹，他们身后是父母。我仔细观察他的母亲，很难推测她的年龄，是那种"没有年龄"的美妇，头发和眼睛是浅棕色，似乎在对我微笑，使我心中即刻升起一种温暖感觉。他的父亲符合我的想象，

有点严肃。

全家福旁边的照片里是一对相似年龄的男孩和女孩，比全家福里面的小。

"那是我和麦迪。" *Luke* 在我身后，揉着惺忪的睡眼。

"麦迪很俏丽。"我说。

"是，她老笑话说我的鼻子太大。"

"她没说错。"我笑着说。

Luke 把我转过来面对他："阿梅，我从没见过你这样快乐。"

"当然快乐。"

一切导致不快乐的因素都在我们身后了，不再有秘密，不再有惊吓。窗外鸟儿在快乐地唱歌，不争吵不斗架。

秋季来了，一向萧条的集市突然活跃起来。鼓鼓囊囊的袋子里盛的地瓜，白皮的紫皮的，到处都是，各种各样的青菜装在两轮小推车里，或散在地上。肉依然缺乏，少有的几只公鸡母鸡被绑在小车腿上，偶尔看到猪肉挂在木架的钩子上。人们拥挤着买东西，吵架一般大声地讨价还价。

Luke 饶有兴致地和农民用中文对话，他们显得既戒备又激动，农妇却不理会 *Luke*，而是羞怯地扭过头窃笑。

我和 *Luke* 在一个盛活鱼的大桶前停下，里面有几条黑鱼，身子细长，微微喜欢用它熬汤，加进黑豆，她说喝这个汤不感冒。

我讲价买鱼时 *Luke* 不见了，一会儿他回来时，手里捧着一些鸡蛋。

"这是毛蛋，给你和你妈妈。我仔细看了，每个里面都有胚胎。"

他记得毛蛋的事情，让我感动，他认真的样子使我暗自好笑。

"花，应该送你妈妈花。"他好像刚想起一个新主意。

我知道送花是西方人的礼节，不过也许会让喜欢花的微微高兴。

我坐在 Luke 的车后座上，我们满载而归。

快到院门口时，一个女人的尖叫声刺进我们的耳膜。走进院子，看到三奶拄着双拐在桑树下朝树上喊叫："快下来，傻孩子，快呀！"

原来四儿在树顶上，他颤颤悠悠地站在一根树枝上，光着脊梁，在哭，雪球的白毛皮像围巾一样缠在脖子上。

"不要跳，你不能把你可怜的老妈留下不管啊。"三奶又哭喊。

"我跳。我跳。"四儿边嚷边往下看，好像在选一个他想要的落地点。

我把集市买来的东西塞给 Luke，跑到树下。

"四儿，听我的，明天是中秋节，我们会吃顿大餐的。"

"阿梅。阿梅。"四儿冲我喊，"我跳。我跳。"

"我和微微阿姨做你最爱吃的月饼。"

"没有月饼。我跳。我跳。"

我猛然想起以前四儿反复问我的一句话："从桑树上跳下来能摔死吗？"没料到他的问题是有意识的。

"四儿。"我喊，"从桑树上跳下来不行，不够高。"

他想了想，摇一下头："我跳。我跳。"

大家一直在劝四儿，可他执意待在树上不下来，几个小时过去了，不知他怎能站那么久。

"兔子。"*Luke* 忽然对我说，他听了一耳朵我和四儿的兔子的故事。

我带 *Luke* 来到小木屋，里面气味难忍，兔子屎和干菜叶遍地，我内疚近来忽视了四儿和兔子，只有四只兔子了，想必三奶又吃了两只，也许这是激怒和伤害四儿至极的。

我和 *Luke* 各抱一只兔子来到桑树下。

"四儿。"我喊，"你跳下来会摔断胳膊和腿，这些兔子怎么办？"

四儿的哭声戛然而止了："我的兔子，我的兔子。"

"快下来吧。"

四儿左右看看，把一只脚挪到另一根树枝上，树枝一颤，他又缩回来，"不能。不能。"

Luke 把手里的兔子塞给我："我上去。"

我同意，知道他爬树像松鼠一样。

四儿看到 *Luke* 上树紧张起来："美国鬼子。美国鬼子。"

"把你的手给我。"*Luke* 用中文说，伸出自己的手，"别害怕，我帮你下去。"

四儿怔怔地看着 *Luke*。

"四儿。"我说，"把手给我的朋友，不然他就不管你，自己下来了。"

四儿迟疑地把手伸向 *Luke*，*Luke* 一把抓住，耐心指点他脚往哪里踩。他们一起爬下了桑树。

三奶拄着拐杖，用头去碰四儿的胸，夸张地哭喊："我的心肝儿，你的心和炭一样黑吗？你死了，妈也活不了了……"

四儿躲开三奶，走到我身边，从脖子上解下雪球的带着血腥味的皮毛，围在我的脖颈上。

我转向三奶："再也不要动这些兔子，听见了吗？"

她惊讶地看着我，显然不习惯我声音里的威胁。

"是，是，听见了。"她直点头。

我和 *Luke* 把兔子放回小木屋，出来后我看见微微站在家里的窗子边上，看到我她马上转身走开了，她一直没出屋，却把一切都看在了眼里。

四儿不见了，想必到外面去了，我不放心，和 *Luke* 去找他，见他站在小巷里在看卖豆腐的。我拿起卖豆腐人的木缸子，递给四儿，他敲起来，越敲越响，买豆腐人群里一个小女孩捂住耳朵喊："爸爸，爸爸。"

她爸爸走到她身边，牵着她的手走了。

我看着他们的背影，女孩稚嫩的声音回荡在我耳边，一个幼稚的，毫不质疑自己父亲的女孩的声音。

我们回到家时，微微站在竹匾前，呆呆地看着没了蚕的空匾。

"微微，*Luke* 有事要告诉你。"我轻轻地说，害怕她沉浸在自己的幻梦中会受惊吓。

"微微夫人，请让我解释。" *Luke* 说。

依然没有回应，我对 *Luke* 点点头。

"我很抱歉给你带来许多焦虑和伤心。" *Luke* 声音轻柔。

微微面无表情。

"我小时候，大概三岁吧，我父母因车祸去世。" *Luke* 开始讲，掺杂中文和英文，"一对夫妇领养了我，我和他们的女儿一起长大，很快乐，可是上大学的时候，麦迪生病，离开了我们，我悲伤至极。这时候，我遇到了威廉沐叔叔，他来到了我的生活中，给我帮助，甚至资助我继续完成学业。他少言寡语，很严肃，做事狠辣，但他是一个好人。不幸的是，后来他得了癌症，确诊后他开始提起在中国的女儿，临终前唯一愿望是找到她，并为她在美国提供优越的生活和好的前途。他也许在信里告诉了你，微微夫人，他将派人来实现他的愿望，这都是事实。原本，我也只是想着把这件事做好就回去，可是，事情很快发生了变化，我爱上了阿梅，我没有计划去爱她，但是，爱情是一种奇怪的东西，是没有那么多理智的。微微夫人，我只希望你能够理解。"

微微仍然不说话。

"我已经想好了，我不一定要把阿梅带到美国去，你不会失去她的，我只是想爱她，我对她的感情是真诚的，没掺杂假的东西，我希望微微夫人能给我一次机会。"

我走到微微身边，把脸贴到她白皙的、暖暖的面颊上，"我没有任何想去美国的心思，我永远都在你身边。"

微微这才转过头来看了看我，那双洞察一切的眼睛又亮又深，眼神很奇怪，好像第一次见到我。

"到外面去。"她喃喃地说。

"你呢？"我问。

"我要和面。"她说。

第三十章

微微用了大半个下午和面，揉了又揉，直到她满意，然后把面用大碗扣好。晚饭后，她开始准备月饼馅，一边做一边哼唱一首评弹曲。中秋节是她最喜欢的节日，有许多儿时和母亲一起做月饼的甜蜜回忆。

她切碎红枣子时，我炒花生，"微微，有件事我要告诉你。"

"说吧，把所有的事情都告诉我。"

"你会生气……"

她停下手里的活儿，挑起眉毛看我。

"我被从示范班开除了。"

"开除了？"她重复一句，又开始切枣。

"我很对不起你，让你失望了，你那么辛苦……"

她打断我："把花生递给我。炒得恰到好处，聪明的姑娘。"

我很惊讶她不吼我，"你不生气？"

"我该生气吗？让我想想。"她噘一下嘴，"不，不生气。"

"什么？真的？"

"我从来也没鼓励你进那个班，可你总是太要强。"她说，开始在蒜臼里捣碎花生，香味扑鼻。

我看她把碾碎的花生和切好的红枣放到一个碗里，用手搅拌，手腕像写书法时那样轻松，有节奏。她很专注，好像此刻再也没有比做月饼更重要的了。我几乎羡慕她，赞叹她的变化。

"我只希望你做一个普通医生。"她说，"轻松，安稳，哪儿也不去，就在这里。"

我真想拥抱她，把她抱起来转一圈。可为了不使她尴尬，我只在她脸颊上轻轻亲了一下。就这样，她还给了我一个奇怪的眼色。

"微微。"

"什么？"

"我是不是不应该请 *Luke* 来过中秋节？"

她继续做月饼馅，偶尔尝一尝。

"中秋节不能独自过。"她有一搭无一搭地说，捏了一撮月饼馅，送到我嘴里，"还要加糖吗？"

"很甜了，微微，很甜。"

中秋节一早，微微和我没忘一起练字。

已经几个星期没写了，她看着姥爷中药方的黄色纸张犹豫了，"我今天想写点别的。"

"哦？"

她很快想出了要写的字。

我在想我今天要写的字，不知为何，字在脑子里出现得很慢，只有画面，场面，和着耳朵里的声音。那个在小巷里叫爸爸的小女孩出现在眼前，我在字典里查过"父亲"，但没有仔细查过"爸爸"。

"爸爸"：手掌能够抓住的父亲。

迫切的希望和期待。

爸爸，我在心里默念，假如我叫我的美国父亲爸爸，听起来会多么奇怪。我在想他临终时内心有些什么想法，他是否想象过女儿的样子，假如有，是什么样的女孩呈现在他脑中，他跟她说了些什么？

我拿起毛笔，蘸满墨汁，开始写——爸爸。

"你要知道你的大名，嫦娥的意思吗？"微微突然问。

"我知道是什么意思，不想再听神话故事了。"

"不是神话，仔细看看这两个字的组成，你就知道我为什么给你起这个名字。"她说着，写完了一个字的最后一个笔画后，抬起笔来。

她轻轻地吹干纸，把它转过来对着我，上面是她最拿手的草书写的"嫦娥"二字，在她的无拘无束、似水如风的笔画下，这两个字的确给人仙女飞往月宫的感觉。

"那不是我的名字吗？"我淡淡地说，猜不出她的用意。

"是你的名字，看一下字的组合。"

两个字都是左右结构，左边都是"女"，女子，女儿；"嫦"字右边是"常"，经常，永远；"娥"字右边是"我"。

女子——女儿——女孩——经常——永远——我……

女儿永远是我的！

我看看微微，眼睛有点湿润。我把纸从她手里接过来，研究那两个字，好像第一次学认我的名字。

"字形很美，然而复杂，不容易写好。"微微若有所思地说。

　　下午，*Luke* 和甘蔗前后脚到，像老朋友一样说说笑笑，直到微微下令干活。我们四人围着桌子，准备做月饼。微微把所有的用料都摆在桌子上，包括柔软的面团、各种馅料和不同形状的铝制模子。

　　"我能信任你擀皮的技术吗？"微微问甘蔗。

　　"我会擀饺子皮，算不算？"

　　"一样。"微微把擀面杖交给他。

　　甘蔗果真擀皮很熟练，一个个不大不小、不厚不薄的面叶从他手下飞出来，微微接住，加上馅，包好，递给我，我用模子在上面印出各种花纹。

　　微微没有指派 *Luke* 任务，他就帮我，他首先在月饼上印了一条鱼。

　　微微瞟了一眼，"印得太浅。烤好了就不像鱼了。"但她并不看 *Luke*。

　　下一个，*Luke* 印了一只公鸡。

　　"太深。"微微说，"烤的时候皮会破。"

　　Luke 做第三个时，她不评论了，其实连看都没看。

　　我们的流水线越来越默契，很快月饼坯整齐地摆满了半个竹匾，各个手掌大，溜圆，微微坐在炉前开始烤。

　　Luke 凑近她，两手在裤子上抹了几下后，从裤兜里掏出一张照片。

　　"微微夫人，这是我母亲。"他把照片送到她眼前，那是他和养母的合照。

　　微微不紧不慢地把炉子里的月饼翻过来，关上炉门，才看 *Luke* 举在她面前的照片。

她凝视了照片好久，转向我："告诉他，他的母亲很面善。"然后她回到桌前继续做月饼。

"三个月后我母亲要来中国，旅行观光。"Luke 又说，"你会教她做中国饭吗？"

微微往一张月饼皮上加了一勺馅，"她早一点来，就会学做月饼了。"

"她从来没见过月饼呢。"

"嘘——别说话，听……"她停住手中的活。

叫卖声从小巷里传出："葡萄。谁要葡萄？葡萄要多甜有多甜，甜你的舌头，甜你的鼻子，甜你的眼睛，甜你的肝，甜你心——葡萄，谁要葡萄？"

卖葡萄的人吆喝得有腔有调，婉转起伏，像微微留声机里的评弹，同时，他喊的话中带有一种自信和威力。

Luke 随手拿起一个空碗，跑出门去。一会儿，他端了满满一碗葡萄回来，洗过后搁在桌上。他拿起一个，丢在微微月饼馅里。

微微眉头一皱："告诉他，葡萄和咸蛋黄一起不对味。"

Luke 一点不介意微微通过我和她对话。

"我母亲做什么都加蜂蜜，很好吃。"Luke 说，"何况阿梅喜欢葡萄。"

微微不说话了，每次 Luke 往月饼里加葡萄，她并不拣出来。Luke 的胳膊不经意碰到她时，她看了一眼他的皮肤，说："告诉他，我有一个方子，专治他胳膊上的红疹子。"

烤月饼的香甜味浓浓地飘进我们的鼻子里，微微拿出几个小盘子，每个里面放一块月饼。她递给我一个盘子，里面却有两块。我冲她一笑，拿起一个，放在 Luke 手里。每个月饼都是一个秘密，我们不知道自己手里的是什么馅，或是花生红枣，或是红豆沙莲子，或是咸蛋黄，有葡萄或没有葡萄。

我和 *Luke* 拿着月饼来到院子里，掰开月饼一看，里面都有葡萄，*Luke* 俯身吻了我一下，我仰头看着他，心像天上的月亮一样圆满。想起简·爱的一句话：

"如果我一生做过一件好事，有过一个好的念头，做了一次虔诚的祷告，有过一个无私的祝愿，我现在得到了奖励。"

微微走过来，站在我身边，抬起头仰望。中秋夜悄悄地降临，满月从正在消散的残云后面脱颖而出，清澈如水，银白如镜。

"阿梅。"微微说，"我有件东西给你。"随即递给我一张折叠的纸，信封一样大。

我迟疑地接过来："是什么？"

"一封信。"

"给我的？"我一生从没收到过信。

"去年收到的。"微微说，"和另外那封美国来信放在一个信封里。"

"我父亲写的？你不是烧了吗？"

"这个没烧，这是写给你的。"

我惊讶得不敢相信，我的父亲专门给我写了一封信，里面是他对我一个人说的话。虽然用了一年的时间，经过了不知多少行程和周折，最后仍然到了我的手中。

手里拿着信，我不由转头看微微。在银色月光里，我有生以来第一次意识到我其实很像她。甘蔗来了，拉起微微的手。

Luke 的手臂搂着我，我打开我父亲的信，借着月光开始读……

龙胆花

致　谢

　　首先，我要感谢作家刘尚卿老师不厌其烦地帮助我修改《龙胆花》。在此，我对刘老师表达我的感激、敬意和祝福。还要感谢我的朋友郝明明对封面设计的帮助。

　　其次，我要感谢我的丈夫尼克和女儿凯特对我写作这本书的支持。

　　最后，仅以《龙胆花》纪念我的朋友巴特（1960—2022）。